SV

Gerlind Reinshagen
Göttergeschichte

Suhrkamp Verlag

Satz: TypoForum GmbH, Nassau
Druck: MZ-Verlagsdruckerei GmbH, Memmingen
Printed in Germany
Erste Auflage Frühjahr 2000

1 2 3 4 5 6 – 05 04 03 02 01 00

Göttergeschichte

Das ist der schwache Punkt für diejenigen, die sich beglückt fühlen durch das Bewußtsein, die Welt erfolgreich nicht nur entgöttert, sondern sogar »entwundert« zu haben. Das Schöne ist, daß wir uns mit der Anerkennung des »Wunders« bescheiden müssen, ohne daß es einen legitimen Weg darüber hinaus gäbe.

Albert Einstein, *Letters to Solovine*

Inhalt

Ein Brief nach Jahren

2. 6. 72

Lieber Aljoscha,

nachdem ich länger vergeblich gesucht hatte, erhielt ich kürzlich durch Zufall Ihre Adresse. Sie gaben ja, zu meinem Bedauern, Ihr Studium vorzeitig auf. Was mir allerdings mittlerweile kein Schade zu sein scheint. Zuviel leeres Stroh wird, insbesondere in den Geisteswissenschaften, gedroschen. Statt dessen warfen Sie sich auf den Journalismus, sozusagen »ins Leben«, sofern man beides gleichsetzen will.

Sie werden sich, wie ich hoffe, noch Ihrer Kommilitonen und Dozenten entsinnen – ist es tatsächlich schon fünf Jahre her? –, und gewisse, nicht alltägliche Vorfälle könnten Ihnen im Gedächtnis geblieben sein. Und da Sie damals, wenn auch leider weniger am Lehrstoff, so doch an unseren Gesprächen Interesse bezeugten, mich sogar baten, die Ereignisse für Sie zu dokumentieren, so will ich Ihnen heute das Ergebnis senden.

Dabei erschrecken Sie bitte nicht, wenn Sie sich in der Geschichte – denn auf eine solche scheint es, unbeabsichtigt, hinausgelaufen zu sein –, wenn Sie sich darin selbst entdecken. Vor allem verzeihen Sie, sollte Ihnen Ihr Portrait, besonders anfangs, nicht allzu schmeichelhaft erscheinen. Ich schrieb ja sozusagen *aus dem Augenblick*; auch rechne ich mir an, mein Urteil im Verlauf der Sache zu Ihrem Vorteil revidiert zu haben.

Ja, ich erinnere mich, beim Schreiben häufiger gedacht zu haben: Aljoscha wird es verstehn. Wenn einer, dann er. Nur Querköpfe dieser speziellen Art, dachte ich, sind der Erfahrung nach imstande, ein offenes Wort zu ertragen. Also nehmen Sie, was Sie da lesen, eher als Kompliment.

Schreiben Sie es auf, sagten Sie seinerzeit mehrmals, erinnern Sie sich?

Von Ihrer Frage nach der möglichen *Verwertung* – was für ein Wort! – wollen wir heute, ebenso wie damals, nicht reden. Behalten Sie die *Blätter* für sich oder vernichten Sie sie, ganz wie Sie denken. Was mich angeht, so wünsche ich keine Antwort darauf.

Mit den besten Grüßen
Ihre R. R.

Aljoschas Kommentar zum Manuskript

Tagtäglich, beim Anblick dieses eselsohrigen Konvoluts, überkommt mich die gleiche Anwandlung: eine Mischung aus Faszination und Abwehr, die mich irritiert und mir die Arbeit daran erschwert. Was geht mich das Unglück dieser Frau an, denke ich, und setze doch alles daran, es mir in der Beschäftigung damit bekannt zu machen.

Daß sie mich, ausgerechnet mich, zum Vertrauten gemacht hat, mag daran liegen, daß ich zufällig dabei war, als es geschah, und ihr in der ersten Bestürzung den Rat gab, die Ereignisse – womöglich, um sich davon zu befreien – aufzuschreiben. Ich habe sie seit der Zeit vor fünf Jahren – seit diesem denkwürdigen Junitag – nicht wieder gesprochen; nur einmal sah ich sie zufällig, flüchtig, als sie auf einem Bahnsteig an mir vorbeilief. Sie erkannte mich nicht, und ich gab mich nicht zu erkennen. Sie kam mir abwesend vor und etwas verwildert – kein Wunder nach dem, was man sich von ihr erzählte.

Was mich bewogen hat, diese Ansammlung von Notizen, Tagebucheintragungen, von Monologen und Reflexionen auf ihre Glaubwürdigkeit hin zu prüfen, sie zu ordnen, zurechtzustutzen und stellenweise zu ergänzen, ist mir unklar.

Welche Teufel mich reiten, daß ich mich ganze Tage, manchmal auch Nächte, sogar auf Kosten meiner eigenen journalistischen Arbeit, noch immer damit befasse, bleibt rätselhaft.

Wahrscheinlich ist es der zweite Teil der Geschichte, der eine, wenn auch verborgene, Ordnung aufweist; sie müßte zu finden sein. Hier ist kaum etwas zu verbessern, nichts wegzustreichen, nur weniges hinzuzufügen.

Merkwürdig ist jedenfalls, daß ich, sowie ich mir vornehme, die Sache aufzugeben oder nur einige Tage beiseite zu legen, eine Unruhe verspüre, die mich zurückjagt, so daß ich gegen alle Absicht von neuem mit dem Enträtseln beginne.

Manchmal denke ich, daß es nichts anderes als Neugier ist, ihrem seltsamen Schicksal gegenüber. Oder dem ihrer *Götter*? Oder einfach nur dem der Geschichte, die sich im Überarbeiten langsam als solche zu erkennen gibt.

Ja, ich gebe zu, daß es die pure Neugier ist, eine Emotion übrigens, die ich – im Fall der R. R. zumindest – überwunden glaubte.

Erster Teil

R. R. s Geschichte

Die Zeit danach

I

Der Ausbruch

Es traf sie, vollkommen unerwartet, eines Nachmittags auf dem Nachhauseweg. Das war im Frühsommer vierundsechzig. Sie war froh, das Seminar, das letzte vor den Semesterferien, geschafft zu haben, und dachte an das Wochenende. Die Kastanien warfen diesmal schon im Mai, weiß und rot, die Blütenblätter ab; man ging wie auf weichem Schnee darauf.

Nichts deutete auf das Bevorstehende hin.

Für den Abend war sie mit Nat, einem Biologen, verabredet – amerikanische Namen waren derzeit in Mode –; er war neu und interessant wie jeder noch sozusagen unentdeckte Mann, und sie freute sich. Sie wollten zusammen zu *ihrem* See fahren, dem stillsten, abgelegensten, durch den die Grenze mittendurch verlief; sie würden – zum ersten Mal dieses Jahr – draußen schwimmen, so lange, so weit hinaus, wie die Polizeiboote von *drüben* es erlaubten, den Abend dann im Gasthaus vertrödeln oder auch auf einer Uferwiese; sie dachte, daß es schön werden würde.

Momentlang schwebte ihr Nats Gesicht vor, wie sie es kürzlich, übers Mikroskop gebeugt, gesehen hatte, weltabgewandt, doch einem anderen geheimnisvolleren Universum auf der Spur; dieses Gesicht, um dessentwillen sie sich – nicht ohne schlechtes Gewissen – von ihrem langjährigen Freund, einem Kommilitonen, getrennt hatte. Der *Bruch* hatte sich so plötzlich ereignet, daß sie kein anderes Wort, zumindest kein treffenderes dafür hatte finden können.

Überhaupt kamen ihr, seit sie Nat und einige seiner Freunde kannte, diese Naturwissenschaftler sowohl in ihrem Äußeren als auch ihrem Verhalten freier, lebendiger vor als jeder einzelne ihrer Kollegen. Es mochte daran liegen, daß sie in ihren Wissenschaften fast täglich von neuen Entdeckungen hörten und natürlich in der Hoffnung lebten, eines Tages selber etwas herauszufinden, etwas Bahnbrechendes, den Lauf der Welt Veränderndes. Wohingegen man in ihren Geisteswissenschaften – so dachte sie – eher mühsam die Felder beackerte, fortwährend den Boden und die Erzeugnisse prüfend, analysierend und kommentierend, voller Mißmut und kaum mehr etwas erwartend.

Nicht ohne Schrecken bemerkte sie, daß die dazu erforderliche Anstrengung schon ihren älteren Kollegen ins Gesicht gezeichnet schien, als ob vergebliche Hoffnung und Enttäuschung die Züge regelrecht hätten verholzen lassen. So hatte sie einmal, im Spaß, ihren verflossenen Freund *Pinocchio* genannt, es war ihr eben so herausgerutscht; er hatte es nicht allzu gut aufgenommen.

Sie ertappte sich in letzter Zeit auch öfters, in den Gesichtern ihrer Studenten zu forschen, in Aljoschas, in Liljas, Pauls oder Mäxchens Gesicht, in ihren schönen, unbeschriebenen Zügen; zum Glück jedoch fand sie noch keine Zeichen, keine Spur von Erstarrung; sie betete, daß sie so bleiben möchten.

Ja, und natürlich prüfte sie sich selbst im Spiegel. War sie nicht einmal voller Hoffnung angetreten, mit dem nicht eben bescheidenen Anspruch, auf ihrem Gebiet tiefer als alle anderen zu pflügen, den Boden sozusagen zu rigolen, um doch wieder etwas zum Wachsen zu bringen? Um noch einmal etwas in den Köpfen zu entfachen, eine Begeisterung wieder, wie es sie doch noch kurz nach dem Krieg – als der Hunger, und nicht nur der nach Brot, auf dem Höhepunkt war – bei den Studenten gegeben haben sollte. Jedenfalls den Berichten nach.

Zwar meinte sie, ohne sich zu schmeicheln, auch in ihrem Gesicht noch nichts von Veränderung wahrzunehmen; nur manchmal abends, nach einem Seminar, einer sich hinziehenden Diskussion, war eine Müdigkeit da, eine Unruhe gleichzeitig, deren Ursache ihr jedoch verborgen blieb. Und öfters, was sie früher nicht kannte, geschah es, daß sie im plötzlichen Erwachen nachts unwillkürlich ins Grübeln kam und lange nicht wieder einschlafen konnte.

An dem erwähnten Nachmittag allerdings gab es nichts, was beunruhigte oder störte; jeglicher Zweifel erschien absurd angesichts dieses Frühsommertages, der die Gedanken, ja selbst die Geräusche zu dämpfen schien und etwas angenehm Betäubendes hatte – am liebsten hätte sie die Schuhe ausgezogen, um die Wärme der Steine, den Kastanienschnee unter den Füßen zu fühlen.

Sie befand sich schon jenseits des Geschäftsviertels in ihrer baumbestandenen Straße, die mit ihren eng aneinander gebauten Häusern hier eine Schlucht bildete, sie hatte schon das übliche Geborgenheitsgefühl, als sie hinter sich sprechen hörte, ziemlich nah und deutlich, als sie den Satz hörte:

Da gehst du hin ... und danach etwas, das wie *Verzweiflung* klang. Sie hörte es dann mehrmals hintereinander, die Worte, die sich zusammenfügten, ganz selbstverständlich zu einem Satz, der einem anderen glich, der ihr bekannt vorkam.

Da gehst du in stiller Verzweiflung ...

Wo hatte sie das schon gehört, fragte sie sich, oder wo geträumt, wo gelesen, als von der anderen Seite eine zweite Stimme kam, eine heisere, krächzende, die ihr jetzt *Armes Kind* nachrief, kichernd, voller Spott, wie eine Papageienstimme.

Sie drehte sich um, doch niemand war da.

Vielleicht ist es aus einem Fenster gekommen, dachte sie und wußte doch gleichzeitig, daß das unmöglich war. Die Häuser waren zu weit entfernt, die Stimmen dagegen zu dicht, zu laut.

Armes Kind, armes Kind, mußte sie wieder und wieder hören, und stets danach ein höhnisches Gelächter, das aber bald von allen Seiten ertönte und das sie schließlich, wie um ihm zu entkommen, sich um sich selber drehen und wie einen Hund im Kreis rennen ließ. Sie griff nach den eisernen Spitzen des nächsten Zauns und spürte den rostigen Abrieb, die metallene Kälte unter den Händen.

So fängt Sterben an, fuhr es ihr durch den Kopf, so erfährt es der Mensch, nicht, wie er annimmt, in einer langsamen Erkenntnis, sondern plötzlich, auf einen Schlag.

Der Gedanke, so erschreckend sie ihn für Sekunden empfand, machte sie gleich darauf gänzlich kalt, beinahe gefühllos, so daß sie darüber lachen mußte und wie bei einem Unfall in einen Zustand gesteigerter Wahrnehmung geriet; auch war es nicht einmal ein Gedanke, sondern eher ein Vers, der Refrain eines Lieds, den sie vor sich hinsang – oder dachte zu singen –, einmal, zehnmal:

So fängt Sterben an; sie lachte so laut, daß zwei vorübergehende Frauen stehenblieben und sich an die Stirne tippten.

Nein, es war kein Gedanke, es war kein Lied, sondern eine Botschaft eher, die ihr etwas übermitteln wollte, eindeutig darauf aus, sie in bestimmte Richtungen zu dirigieren.

So zum Beispiel wurde sie gezwungen, kaum in ihrer Wohnung angekommen, die Jalousien zuzuziehen, damit die Sonne nicht mehr hereinscheinen konnte. Auch wenn das nicht direkt gesagt oder in Worte gekleidet wurde, wußte sie doch, daß sie sich still zu verhalten und im verdunkelten Raum zu konzentrieren hatte.

Auf den Abend hin nahmen das Gerede und das Gelächter zu; sie hörte, daß es jetzt mehrere waren, die durcheinandersprachen, daß sie Flüstergespräche führten oder auch Streitdialoge, nur manchmal versuchte ein einzelner, das Palaver zu überschreien, sich lautstark bemerkbar zu machen.

Dabei hielten sie, wie ihr schien, aber doch auf Abstand, so etwa wie Reisende in einem Zugabteil; dennoch konnte sie sich des Gefühls nicht erwehren, daß sie – so laut oder leise sie diskutieren mochten – doch immer *sie* dabei meinten, daß *sie* ihr Objekt, ihr Hanswurst, ihr Sklave war.

Das ging so, den ganzen Nachmittag lang. Doch ob sie sich die Ohren zuhielt, ob sie das Radio brüllen ließ, um die Geister mundtot zu machen, sie wurde beobachtet, wurde befehligt, war wie ein plötzlich in den wilden Wald entlassenes Haustier, das vor den tausend lauernden Gefahren in die verschiedensten Richtungen rennt, um schließlich tatenlos, in regloser Starre zu verharren.

Wie haben es die Alten gemacht, fragte sie sich dann, wie erfroren an ihrem Schreibtisch, wenn unvorhergewarnt das Wort eines Gottes – oder Teufels? – auf sie herniederfuhr? Waren sie glücklicher dran als wir, mit ihren einfacher konstruierten Gehirnen, bei denen die Kammer, in der bei uns der Zweifel haust, noch nicht gänzlich ausgebildet war? Als sie Offenbarungen solcher Art für Stimmen des Himmels und – ganz selbstverständlich – für wahr halten konnten?

Armes Kind, armes Kind, was für ein Unsinn, es ist doch nichts, dachte sie zwischendurch wieder, war sie in kurzen Augenblicken doch imstande, sich einzureden, nichts als eine Art leichter Halluzination, wie jeder Mensch sie dann und wann im Zustand der Überforderung erfährt.

Oder, noch einfacher: nur ein paar Nachgedanken zu ihrer letzten Diskussion im Seminar; hatte sie nicht noch etwas sagen, in die Debatte werfen, dem blöden Aljoscha zum Beispiel erklären wollen?

War sie nicht entschlossen, diesen Anfängern im Semester, die ihr diesmal lebhafter erschienen, aufgeschlossener als die früheren, eine andere Art des Lesens beizubringen, eine langsamere, inspiriertere und – sozusagen gegen die Lehrmeinung – eine andere Art des Begreifens?

Hatte sie nicht kürzlich den Streit mit ihrem Professor gehabt, ihrer Habilitationsschrift wegen, diese ziemlich lautstarke Diskussion, während welcher er ihr Beschränkung empfahl, Konzentration aufs Wesentliche, ihr Schwächen in der Strukturierung vorwarf, Vernachlässigung der Textanalyse ...

War sie nicht – obgleich noch lange nicht in ihrer Lebensmitte – plötzlich unsicher geworden, wie es weitergehen sollte im Beruf, mit diesem oder jenem Freund – Nat oder Pinocchio –, mit der *Karriere* im allgemeinen ... sie war jetzt sechsundzwanzig Jahre alt.

Unsinn, Unsinn, sagte sie dann mehrmals laut; zwar hatte sie Widerworte gebraucht und die Tür nicht eben leise zugeworfen, ihrem Professor sozusagen vor der Nase zugeschlagen, war dann aber doch – auf Anraten Pinocchios, der sich trotz allem noch immer als ihr Berater verstand –, Reue vortäuschend, zurückgeschlichen. War vor dem Professor, diesem Hohenpriester der Komparatistik, regelrecht zu Kreuze gekrochen. Hatte dann doch noch alles bereinigt, gedeichselt, ins Lot gebracht ... Und was die seltsamen Ereignisse des Nachmittags betraf, war sie sich nun wieder vollkommen sicher: Es konnte nichts anderes gewesen sein als der ganz gewöhnliche Dialog, den, wie man weiß, wir alle täglich, stündlich in unserem

Innern führen, mit Freunden, Verwandten, mit Vorgesetzten oder Feinden, in Streitgesprächen, Liebesgesprächen ... und jedenfalls unaufhörlich.

Diese letzte Einsicht war tröstlich und gab ihr minutenlang Ruhe. Und, wenn sie es recht überlegte, sogar eine Art von Stolz auf die neu entwickelte Fähigkeit, es durchzukämpfen und auszuhalten: den Zustand einer so nie verspürten oder bisher nicht wahrgenommenen Isolation.

Sie war imstande, die Jalousien wieder hochzuziehn.

Doch mit dem Sinken der Sonne, die purpurrot durch ungeputzte Fensterscheiben schien und das Licht im Zimmer unheimlich machte, war es mit allem Stolz, dem schönen Unabhängigkeitsgefühl vorbei.

Sie wollte hinaus, die verhexte Behausung verlassen. Doch ihr Körper, die Füße gehorchten ihr nicht, waren wie durch Magnete am Ort gehalten.

Als der Anruf kam, auf den sie lange gewartet hatte, als Nat endlich am Telefon war, hörte sie eine Stimme – ihre eigene? –, die mit ihrem Freund sprach, um ihm, unerwartet und zu ihrer Verzweiflung, für den Abend abzusagen.

Was ist dir in den Kopf gefahren, schrie Nat, bei einem Wetter wie diesem, einem Sonnenuntergang wie in Talamone; sogar der Wind ist jetzt eingeschlafen!

Wo liegt Talamone? fragte sie und hängte auf. Als wäre da ein anderer in ihr, der ihr befahl, das Gegenteil von dem zu tun, was sie sich selber wünschte. So hörte sie auch gleich schon wieder ihre andere Stimme, diese unheimliche, fremde, die mit dem Studenten Aljoscha am Telefon sprach.

Sie – oder wer? – mußte sich wohl daran erinnert haben, daß er ihr seit langem wegen eines Termins in den Ohren gelegen hatte; dieser Mensch, den irgend jemand aus dem Semester – anscheinend nach dem dritten Karamasow –

Aljoscha getauft hatte, schien absolut nicht imstande zu sein, das ihm vorgeschlagene Thema eigenständig zu bearbeiten. Obgleich sie die Sache lieber auf der Stelle telefonisch abgehandelt hätte, bestand er darauf, zu ihr zu kommen.

Er erschien ihr tatsächlich reichlich dumm. Während der Seminare pflegte er dazusitzen und sie anzustarren, nur manchmal ließ er sich herab, einen Mundwinkel oder eine Augenbraue zu bewegen, wie zum Zeichen, daß er etwas verstünde. Doch kaum je hörte man ein einziges Wort von ihm, nie steuerte er etwas Wesentliches zu den Diskussionen bei. Selbst wenn sie ihn, was sie für gewöhnlich zu vermeiden suchte, wie einen Schuljungen aufrief, grinste er nur – ob einfältig oder maliziös, war nicht auszumachen – und schwieg.

Zwischendurch wieder schien er abzudriften in weit entlegene Gefilde oder aufzubrechen zu wer weiß welchen Gedankenausflügen ... solche Typen, dachte sie oft, dürfte es heutzutage eigentlich nicht mehr geben, sie halten nur den Betrieb auf.

Allerdings hatte er am Ende des letzten Semesters eine Arbeit abgeliefert, die trotz einiger merkwürdiger Abschweifungen – oder etwa gerade wegen dieser? – von ungewöhnlichem Verständnis zeugte. So eine Arbeit, die dreist aus der Reihe zu tanzen schien und dann doch lammfromm wieder beim Thema war, die folgsam ihren Gedanken aufnahm, um ihn ihr, glänzend aufpoliert, wieder zurückzubringen. Eine, wie man sie nur alle Jubeljahre einmal bekam – was sie verwundert und im Moment irritiert hatte.

Der Eindruck blieb nicht lange; bald hielt sie ihn doch wieder für beschränkt, wie es auch seine Kommilitonen taten, die ausnahmslos auf ihn herabzusehen schienen; ihre

Studenten, die ihr nun wieder einfielen, die sie liebte und die ihr in diesem Moment in ihrer undurchschaubaren Situation fast als ein Rettungsanker erschienen: Mäxchen, der Clown des Seminars, Paul, den sie seiner Pokermiene wegen Humphrey nannten, Lilja mit dem schnellen Kopf, die Klügste und Schönste, die mit einem einzigen Blick Menschen zum Leuchten oder zum Erlöschen bringen konnte, je nachdem. Die den dummen Aljoscha längst hatte erlöschen lassen ...

Als nun der Junge an diesem Abend schließlich vor ihr saß, herausgeputzt wie ein Provinzbeau, in seinem weißen, exakt gebügelten Hemd, die vormals wilden Locken mit Frisiercreme angeklebt, bereute sie den Anruf schon wieder und nahm sich vor, ihn so bald wie möglich abzuschieben.

Doch es kam anders als gedacht. Schon während sie ihn unwirsch nach dem Stand seiner Überlegungen fragte, während er stotternd ein paar unbrauchbare Vorschläge machte und in sein übliches Dösen zurückfiel, wurde ihr klar, daß sie in der Verfassung, in der sie sich befand, nicht imstande sein würde, ihn aufzurütteln, unfähig, die Gedanken auf ein Thema zu konzentrieren, geschweige denn, etwas Vernünftiges dazu beizusteuern.

Statt dessen geschah wieder etwas nicht Erwartetes. In einer langen, unkontrollierten und doch wie schon einmal gehaltenen Rede brach es aus ihr heraus. Aber nicht die Wut auf den Studenten, sondern die Ereignisse des Nachmittags waren es, die sie gegen jede Absicht oder Vernunft dem Gast dann als Geschichte präsentierte, mit allen Attributen einer solchen: Beschleunigungen, Verzögerungen, Abschweifungen, mit Steigerungen, Übertreibungen ...

Immerhin war sie geistesgegenwärtig genug, die Sache

so zu drehen, daß es sich anhörte, als ob alles nicht ihr, sondern einem anderen zugestoßen wäre.

Es gelang ihr, das Erlebte schnell einer erfundenen Person in die Schuhe zu schieben, dabei sogar noch das Geschlecht zu wechseln, kurz, einen Verwandten herzuzaubern, einen bedauernswerten Vetter, der ihr glich und doch nicht sie war. Denn wer will schon als Geisterseher erscheinen, als aus der Ordnung geratene Natur?

Ein entfernter Cousin, wissen Sie, keinesfalls blutsverwandt ... sie lachte.

Gott sei dank, sagte sie.

Um den Bericht möglichst echt erscheinen zu lassen, vergaß sie nicht, ihn mit einer Spur von Spott zu garnieren, einer Mischung aus Mitleid und Belustigung, so wie man es häufig bei Schilderungen solcher Schicksalsschläge tut, von peinlichen Gebrechen, die zum Glück den anderen erwischten.

Aljoscha sagte lange nichts. Er starrte sie an wie ein Kind, das vor lauter Müdigkeit der zuvor ertrotzten Gute-Nacht-Geschichte nur noch mühsam folgen kann. Und doch war dieses Kind mit keinem Wort, durch keine Verstellung zu täuschen. Sie sah es an seinem Gesicht: Aljoscha durchschaute sie ganz und gar.

Das Erstaunliche dabei war, daß er nicht, wie jeder andere es getan hätte, um die Sache herumredete. Aljoscha sagte nicht:

Ach, keine Sorge, es wird schon nichts sein! Vielleicht nur eine Sache von Streß ...

Oder: Einem Onkel väterlicherseits ist es ganz ebenso passiert ...

Oder: Ich kenne da einen Arzt, exzellenter Psychiater übrigens usw. ...

Aljoscha sah sie nur an; mit seinen ahnungsvollen

Schafsaugen fixierte er sie und stellte ganz einfach und ernsthaft die Frage:

Was sagen Sie?

Jetzt schien sie es zu sein, die aus tiefem Schlaf kam:

Wen meinen Sie denn? Von wem reden Sie?

Nun, von allen diesen ... sagte Aljoscha, Ihren Besuchern. Von den Leuten, die bei Ihnen waren.

Wieso ... bei mir? Sie mußte wieder lachen über seine Antwort. Und überhaupt, *wenn* es Leute sind!

Sie hatte plötzlich wieder Kraft zu lachen und aufzustehn und im Zimmer herumzugehn.

Wenn Sie sie dafür halten wollen ... gut, also Ihnen zuliebe, Aljoscha, werde ich zuhören, was sie sagen, *all diese Leute,* diese ... diese ...

Sie konnte nicht aufhören zu lachen, doch Aljoscha blieb ernst.

Warum schreiben Sie es nicht auf, fragte er und erhob sich, denn es war spät geworden.

Damit man es weiß, sagte er.

Was weiß? fragte sie.

Wie sie aussehn, zum Beispiel, wie sie sich ausdrükken ...

Wie komisch Sie reden, sagte sie.

Daß man sie sich vorstellen kann, sagte Aljoscha, und noch einmal wie zum Abschied:

Schreiben Sie es auf! Vielleicht, daß Sie es später irgendwie verwerten können.

Dann endlich ging er.

2
Schweres Fieber

So also fing es an. So überstand sie den Schock dieses ersten Ausbruchs. Oder *glaubte*, ihn überstanden zu haben.

Doch kaum, daß der Student, den sie für einen Dummkopf hielt, aus dem Hause war, ging es wieder los. Das Gerede nämlich hörte nicht auf, die Andeutungen, obwohl verschlüsselt, nahmen zu, die Gängeleien und Befehle ebenfalls; ihr war, als sei sie in ein Rätsel geraten, ja, als sei sie selbst zu einem Teil von ihm geworden.

Auch als sie am nächsten Morgen nach kurzem, unruhigem Schlaf erwachte, waren die ungebetenen Gäste da, blieben diesen Tag und den nächsten und den übernächsten, blieben eine Woche, einen Monat ...

So, dachte sie, muß es Entführten zumute sein. In ihrer eigenen Wohnung gefangen, war sie das willenlose Opfer von Fremden, die ihr unheimlich waren, die sie ihrer Undurchschaubarkeit wegen fürchtete, doch gleichzeitig sich geneigt machen wollte.

Es war aber schwer, sich anzunähern. Keine Spur von Vertrautheit, geschweige denn Freundschaft – wie sie sich zuweilen bei Fällen von Geiselhaft einstellen soll – ergab sich. Sie saßen, scheinbar ohne sie zu beachten, um ihren Tisch auf Stühlen, rekelten sich auf Kissen am Boden oder auf den Fensterbrettern und taten, als wären sie bei ihr zuhaus.

Einer besonders, der mit der Krächz- oder Säuferstimme, der damals *Armes Kind* geschrien hatte, war stets dabei und behielt sie – unauffällig – im Auge.

Doch auch die anderen – selbst wenn sie wie unbeteiligt

sich in Diskussionen ergingen – schienen ihr hinterhältig, nicht ohne geheime Absicht zu sein.

Dabei hatte sie anfangs geglaubt, daß es nicht wirkliche Gespräche wären, die sie hörte, sondern eher Vorklänge, Nachklänge, eher Essenzen von Gesprächen, wie es auch nicht eigentlich Menschen waren, die sie umgaben. Jedenfalls keine kompletten, soweit sie sah.

Was sie wahrnahm, waren zunächst nur Haltungen: hier ein gebeugter Rücken, dort ein gesenkter Kopf, ein Kropf, ein Buckel, eine Schläfenlinie, das charakteristische Wedeln einer Hand; sie sah Einzelheiten, die aber zu Merkmalen wurden.

So eines Abends groß und wie vom Wind verweht eine Art Gewand, sie hörte das Schleifen von Stoff auf ihrem alten, schwarz gewordenen Parkett; ihr war, als ob jemand im Zimmer herumschlich.

He, Mensch, wer bist du? rief sie oder *wollte* sie rufen. Keine Antwort; statt dessen aber neben ihr, hinter ihr wieder Gelächter, wieder die heisere, orgelnde und betrunkene Stimme, die ihr jetzt noch wütender, noch gemeiner vorkam. Aber schon auf unheimliche Art vertraut.

Doch auch das Schleichen – das Schlurfen oder Wehen eher – hörte nicht auf. Als ob es die Luft im Zimmer bewegte.

Sie floh in die Küche und zog die Jacke über die Ohren, doch es durchdrang Wände und Stoff; sie wußte, sie würde es überall hören.

Sag deinen Namen, schrie sie in Angst.

Aber es gab keinen Namen und keine Gestalt; war nur ein Kleid, das jetzt auf sie zuschwamm, wie auf einem Wasser, wie auf einem Fluß; das Seltsame war, daß es sprechen konnte.

Sie packte den Säufer am Ärmel: Bleib bei mir, schrie sie

und entblödete sich nicht, ihn um Hilfe zu bitten, ihr die Erscheinung zu erklären. Und wieso war da ein Fluß?

Was nicht noch! knurrte der, nahm einen langen Schluck aus der Flasche und fiel, leise vor sich hinknurrend und schimpfend, in Schlaf.

Der Fluß heißt *Ouse*, murmelte er noch.

Sie sah, daß der Glenfiddich zu Ende war; der Mensch trieb ab, auf dem Gesicht den Ausdruck seligen Entschlummerns.

Doch als besäßen seine letzten Worte Zauberkraft, zeichnete es sich jetzt schärfer ab, eine Gestalt entrollte sich im Raum, die einer großen, etwas verwehten Frau, und sie ahnte eher als daß sie wußte, wem das Kleid gehörte, und sie sah ihre Augen ...

Ouse, der Fluß heißt Ouse, wiederholte sie mechanisch und suchte in ihrem Gedächtnis, wo ihr diese Frau und diese Augen schon begegnet waren.

Der Name mit seiner trauerfarbenen Saugkraft beunruhigte sie mehr als alles zuvor Gehörte. Sie stand am Ufer, sie sah in die Strömung, die anschwoll, sah in der Ferne etwas wie Fetzen von Stoff an einer Baumwurzel hängen, die ins Wasser ragte, und wußte: Jemand hatte sich darin ertränkt.

Doch den Namen der Frau hatte sie vergessen. Wie alle Menschennamen in der letzten Zeit. Und je verzweifelter sie danach suchte, desto weiter trieben auch sie ab.

Dabei erinnerte sie sich, sie doch unlängst noch gekannt zu haben. Hatte sie nicht ein Namensgedächtnis? Waren sie ihr nicht gegenwärtig gewesen, immer, wenn sie sie brauchte? Hatte sie nicht wie mit Bällen damit jongliert, in den verschiedensten Prüfungen, vor den Studenten später im Seminar, sie sich mühelos aus allen Weltecken gegriffen?

Hatte sie nicht schon, als sie kaum lesen konnte, Bücher aus dem Schrank geholt und aufgestapelt, Berge aus Büchern, deren aufgedruckte, schön verschnörkelte Namen ihr gefielen? War sie dann nicht darübergesprungen, höher und höher, über keine so gewöhnlichen natürlich wie etwa Hebel oder Meyer oder Keller, auch keinen so unglücklich gequetschten wie Nietzsche zum Beispiel, sie war auf die geheimnisvollen ausgewesen, manchmal sogar auf die unheimlichen, auf fremdländische oder poetische, solche wie Schopenhauer oder Eichendorff, wie Swedenborg, Hölderlin, Liliencron, wie Droste-Hülshoff, wie Sha – kes – pe – are. Wie Harmensz ... Harmensz van Rijn ...

Namen, wunderbare Hieroglyphen!

Nun waren sie ihr abhanden gekommen. Nun waren die Bezeichnungen gelöscht, alle bekannten menschlichen Linien und Umrisse. Statt dessen kam Darunterwachsendes zutage. Wie das Innere einer aufgeschnittenen Feigenfrucht, einer, wie Nat sie ihr einmal auf einem Foto gezeigt hatte. In der Vergrößerung stellte sie sich als Garten dar mit Eingang und Ausgang und Futterstellen für eine Unzahl von Insekten. Ein zweites, sehr geheimnisvolles Universum, hatte sie damals gedacht. Ein unverständliches, unheimliches, dachte sie jetzt. Eins, in dem man sich verirren konnte.

Sobald sie jedoch nicht mehr nach Umrissen suchte, wurde es deutlicher. Auf merkwürdige Weise allerdings.

So schienen die Augen dieser Verwehten mit ihrem schleifenden Kleid, deren Foto sie erst kürzlich aus der Zeitung ausgeschnitten und auf ihrem Schreibtisch aufgestellt hatte, plötzlich durchsichtig zu werden – sie dachte: Flußaugen –; wurden die Hände des Mannes, mit dem die Frau sich eben unterhielt, diese aus zu kurzen Jackenärmeln herausragenden rotgefrorenen Pranken unversehens zu Werkzeugen, vor denen sie sich zu fürchten begann. Seine Schuhe waren von Schlamm verkrustet, als wäre er durch Sümpfe gewandert.

Alles wuchs an und steigerte sich, auch die Verwahrlosung der beiden, die ihr nun gleichzeitig auffiel. Es ist aber nicht in der Kleidung, dachte sie, es ist in den Gesichtern.

Sie suchte in ihrer Tasche nach Geld, es dem Mann zu geben, denn wie er jetzt am Fenster stand, in seinen abgewetzten Wanderschuhen, die geöffneten Lippen wehrlos gegen den helleren Himmel, als wollte die Welt mit Gewalt in ihn einströmen, und er zu schwach, dem Ansturm standzuhalten, kam er ihr schon wieder schwach und armselig vor. Er machte den Eindruck nicht ganz bei Trost zu sein.

Lassen Sie ihn, er braucht das Geld nicht! Die Frau, die sie jetzt *die Verwehte* nannte, lachte gellend, der Mann in den Wanderschuhen schreckte hoch, riß ihr die Münzen aus der Hand und warf sie zum Fenster hinaus; er wandte sich ihr, die ihn mit der Gabe beleidigt hatte, zu, er hob die Riesenhände, so daß sie zurückfuhr: als käme dir ein Unbekannter, dachte sie, in einem finstern Wald entgegen, du gehst – froh, einen Menschen zu treffen – ihn zu begrüßen und siehst im selben Augenblick an seinen Händen Blut; als näherte sich dir ein großer, schöner, sanfter Hund, du beginnst ihn zu streicheln, legst ihm zum Zeichen des Vertrauens die Hand in die Schnauze ... und er beißt zu.

Sie mußte schnell in die Küche laufen, den schmerzenden Finger mit Wasser zu kühlen.

3
Falsche Hoffnung

An manchen Tagen jedoch, nach einer ausnahmsweise ungestörten Nacht, an einem sonnigen Morgen, wenn alles um sie herum und in ihr beruhigt war und sie sogar imstande, den Vögeln im Hof draußen zuzuhören, schrumpften die bedrohlichen Gestalten auf ein normales, menschliches Maß. Sie konnte dann die Bilder lange prüfend ansehn, das der *Verwehten* auf ihrem Schreibtisch und das des *Wanderers* im Wechselrahmen an der Wand. Sie konnte sich an ihre Geschichten erinnern, die sie wohl hundertmal gelesen hatte, und ohne Schaudern selbst auch an die Stimme des Säufers, der sie so oft, zusammen mit den Studenten, gelauscht hatte. Diese Stimme, die, wie ihr plötzlich wieder einfiel, ganze Nächte von der alten, knisternden Schallplatte zu ihnen gedrungen war, leise grollend zuerst, wie entferntes Donnern, dann gewaltiger wetternd und schließlich als Sturm, wie von weit übers Meer.

In solchen Zeiten gelang es ihr sogar, Sätze, die sie verstanden hatte, im nachhinein aneinanderzufügen; und je genauer sie darauf achtete, desto deutlicher wurde ihr, daß da ein Zusammenhang bestand zwischen den Reden und ihrem eigenen Leben, sie hätte ihn zwar nicht erklären, nicht in Worte fassen können, doch sie war auf der Spur ...

Sie hatte sich deshalb angewöhnt, am Abend das Gehörte aufzuschreiben, zu Zeiten, wo es ausnahmsweise still war, wenn die Geister sich heiser geredet hatten oder, dachte sie, anderen Opfern auf den Fersen waren.

Von da an schrieb sie beinah täglich, manchmal bis in die

Nacht hinein, bis die Musik beim Jugoslawen nebenan verstummte, und als Pinocchio, der sich noch ab und an, der alten Liebe eingedenk, nach ihr erkundigte, und Verantwortung zu zeigen sich bemühte, eines Abends anrief, schrieb sie noch immer.

Was ist mit dir los, fragte er. Sie redete sich mit Arbeit heraus. Er kannte sie gut und glaubte ihr nicht.

Früher warst du eine, die immer noch Zeit hatte. Besonders nachts!

Paß bloß auf, sagte Pinocchio, wenn du so weitermachst ...

Was dann? fragte sie.

Er wurde verlegen und mußte husten und sagte schnell etwas anderes: Ich meinte, wollte sagen ... auf die Art kommst du niemals vorwärts in der Zunft!

Vorwärts! Vorwärts! Sie lachte ihn aus und hängte auf.

Doch später am Abend, als wieder das Telefon klingelte, gab sie sich vorsichtiger. Es war ihr Freund Nat, der Biologe, der wissen wollte, wie es ihr ginge. Und ob sie sich die Nacht noch treffen könnten.

Morgen, sagte sie, morgen um diese Zeit, denn sie hatte sich auch mit ihm – ihrer Arbeitsgewohnheit gemäß – oft erst spät, erst nach Mitternacht verabredet.

Wenn du so weitermachst, sagte Nat, ist unser schöner Sommer vorbei!

Es waren nun schon mehrere Wochen, die sie sich von den Freunden fernhielt.

Morgen bestimmt, wenn ich die Geschichte zusammenhabe.

Welche Geschichte? Er horchte auf.

Sie murmelte etwas von einem eiligen Vortrag. Auch er glaubte ihr nicht.

Erzähl mir die Geschichte, sagte Nat.

Obgleich er in seiner Naturwissenschaft – im Gegensatz zu ihrer Fakultät – absolut nichts mit derlei Hirngespinsten zu tun hatte, war er doch immer begierig, Geschichten von ihr erzählt oder auch vorgelesen zu bekommen. Wollte sie immer ganz, von Anfang bis zu Ende hören, alles genau wissen, was ja für einen seines Fachs ungewöhnlich und jedenfalls erstaunlich war. Auch aus dem Grund, glaubte sie, liebte sie ihn.

Fast hätte sie ihm nachgegeben, war schon dabei, Papier und Schreibzeug wegzuräumen, als sie jemanden am Fenster atmen hörte.

So war sie gezwungen, Schluß zu machen. Ohne Erklärung legte sie auf.

Denn da war doch wieder eine Stimme, eine kleine, sanfte diesmal, noch zaghaft wie die der ersten Amsel im Hof kurz vor Sonnenaufgang, und sie war glücklich, sie zu hören, denn sie war anders als die der Vampire zuvor, die sie nicht wenig beunruhigt hatten. War weder boshaft noch verzweifelt, keineswegs streitsüchtig, sondern im Gegenteil heiter, verführerisch auf eine andere Art, und so lief sie ihr nach durch alle Räume, hörte sie hier und da, meinte sie sogar zu kennen . . .

Ach, die kannte sie längst; die kannte jeder von Santa Monica bis nach Korea hinüber, diese Stimme, schläfrig und ein bißchen zwitschernd, so als müßte sie das Lachen unterdrücken.

Sie hob sich von den anderen, die sich im Hintergrund verloren, ab und beruhigte sie, denn sie wußte nun gleich, zu wem sie gehörte.

Sie schloß die Augen und stellte sich das blonde Mädchen vor, das sie schon fast wie ein Familienmitglied kannte. Von ihm gab es Fotos in allen Posen, gab es Anekdoten und Aussprüche, doch sie vermied, sich ihre Bilder in den Büchern anzusehen, längst waren sie wie eingraviert in ihrem Kopf und, wie sie glaubte, darin sogar noch gewachsen; sie selbst war dabei, sie weiterzudenken, und so geriet sie vom Hundertsten ins Tausendste, in Filmstudios, weiße Villen am Meer, in alle Städte, von denen man spricht: London, San Francisco, New York; sie trank im El Morocco Daiquiri mit der Blonden, tanzte mit Stars und Geistesgrößen, von denen man fast täglich in den Illustrierten lesen konnte, bewegte sich in glänzendster Gesellschaft; nur selten kamen ihr die eignen Freunde und Bekannten, die Koryphäen ihres Fachs noch in den Sinn; sie begann, sie angesichts der illustren *Gäste* – wie sie die Erscheinungen von nun an nannte – zu vergessen, dieser Berühmten, die sie kannte und nicht kannte, die sie doch jetzt erst glaubte richtig kennenzulernen.

Gleichzeitig nahm sie doch alles wieder als Beweis, daß sie keineswegs krank war. Es sind eben nur die Erinnerungen, dachte sie, die erfahrenen wie die gelesenen auch, ja, die vor allem, die sich an dich klammern, die schließlich in dich eingewachsen sind, so fest wie die Haare auf deinem Kopf. Die ausfallen können, aber auch schöner noch nachwachsen eines Tages, die sich manchmal verzotteln zum Weichselzopf und beim Entwirren Schmerzen bereiten.

Ein Weichselzopf, dachte sie, nichts weiter. Eine kleine Verwirrung. Sie muß ausgekämmt werden. Sie konnte einfach nicht mehr unterscheiden, in welcher Zeit sie sich befand. Mal saß sie am Schreibtisch in ihrem Zimmer, mal im Luftschutzkeller ihrer Heimatstadt – sie hing ja noch mit einem Kinderschuh im Krieg, kam eben zur Schule, als er zu Ende ging –, sie sah die Dachdecker auf dem Gerüst an ihrem Fenster vorbeitanzen – überall wurden jetzt ja Dächer gedeckt – und hörte gleichzeitig Bomben fallen. Sie schrieb an ihrer großen Arbeit, dieser Riesengeschichte über den Wanderer – Die *Figur des Wanderers in der Romantik* – und sah den in der ausgewachsenen Joppe mit seinen rotgefrorenen Pranken ihr gegenübersitzen. Es war nur diese Art von *Doppelsichtigkeit*, die sie in einem Moment zu Tode erschreckte und im nächsten faszinierte, wer wollte ihr einen Strick daraus drehen?

Das Dumme war nur, daß sie jetzt häufiger Dinge vergaß, daß das Papier – die Zeitungen, die Rechnungen – zuhaus zu Bergen anwuchs, daß sie immer öfter die Zeit verschlief.

Und zweimal war sie morgens nicht im Seminar erschienen. Nicht einmal bei ihrem Professor, vor dem sie kürzlich noch zu Kreuz gekrochen war; sie hatte einfach den Termin vergessen.

Je abwesender, ja, unberechenbarer sie sich im Folgenden verhielt, desto hartnäckiger verbot sie sich, an irgendeine Art von Störung, geschweige denn Krankheit überhaupt zu *denken*. Abergläubisch vermied sie, das Wort auszusprechen.

Als der Arzt, zu dem man sie endlich schickte – oder eher: hinzwang –, erklärte, daß etwas nicht stimmte mit ihr, widersprach sie aufs heftigste. Sie sagte ihm deutlich, daß er sich irrte.

Daß er sie dennoch krank schrieb, nahm sie gelassen hin. Ein Erfüllungsgehilfe, dachte sie, und ging ohne Trauer oder Zorn nach Hause; wie in einen Urlaub ging sie, ohne auch nur das geringste Versagensgefühl, denn sie brauchte ja ihre Zeit für Wichtigeres, hatte sich ihren Gästen zuhaus und ihrer neuen Aufgabe zu widmen.

Das Erstaunlichste dabei war, daß man ihr in diesem ersten Jahr nichts ansah. Weder magerte sie ab, noch verlor sie die Nerven. Im Gegenteil. Kollegen, die eine Zeitlang noch kamen, nach ihr zu sehen, verwunderten sich. Machten Anspielungen auf ihr gutes Aussehn. Waren sie am Ende sogar froh, daß sie als Mitbewerberin für eine Weile aus dem Spiel war? überlegte sie und schämte sich gleichzeitig für den Gedanken. Würde Nat je so denken? Sie jedenfalls wollte es nicht, von nun an weniger denn je.

Die gänzlich veränderten Lebensumstände hörten auf, sie zu irritieren. Sie warf die Tabletten, die man ihr mitgegeben hatte, in die Gerümpelecke, sie stand am Morgen pünktlich auf, verdunkelte bei hellem Mittagslicht das Zimmer; dabei aß sie wenig, aber regelmäßig, achtete überhaupt in allem auf Ordnung, um für die Besucher frisch und gerüstet zu sein.

So asketisch solch ein Leben ihren letzten, noch verbliebenen Freunden und Beobachtern erscheinen mochte, sie beklagte sich nicht. Sie war beschäftigt. Es gab keinen leeren Augenblick in ihrem Tag.

Denn sie waren da. Kamen und gingen und kamen wieder, wie treue, nicht immer geliebte, aber altgewohnte Freunde. Wie Mitglieder einer Familie, einer etwas zerrütteten zwar, die man zuweilen sogar haßte, aber dennoch keineswegs missen mochte.

Wohingegen sie die Verwandten aus Fleisch und Blut, ja sogar – was sie nie für möglich gehalten hatte – die Studenten nun ganz vergaß, ihre Studenten, die sie, die selbst keine Kinder hatte, beinahe als solche angesehen hatte. Oder als Geschwister eher, denn ihr einziger Bruder war im Krieg bei Orel verlorengegangen, und sie ertappte sich manchmal bei dem Versuch, wie mit Brüdern und Schwestern mit ihnen zu sprechen.

Nun jedoch vergaß sie sie – Lilja und Aljoscha, Brigitta, Humphrey mit dem Pokergesicht, Mäxchen und die Brüder Lebenstedt –, vergaß alle miteinander so gründlich, wie man Gestorbene vergißt. War früher kaum eine Woche vergangen, ohne daß sie sich getroffen hatten oder doch wenigstens vergewissert, daß sie sich hätten treffen können, beim Jugoslawen oder im Garten des Seminars, so zog sie sich jetzt zurück; sie legte das Telefon lahm und vermied am Ende sogar, die Haustür zu öffnen, wenn ausnahmsweise die Klingel ging.

4
Die bittere Wahrheit

Sie konnte später nicht genau mehr sagen, wann es anfing, sichtbar und fühlbar zu werden.

Daß sie beispielsweise begann, nachts, anstatt zu schlafen, durch die Zimmer zu wandern. Daß sie essen mußte und nicht aufhören konnte und schließlich, gegen jeden Vorsatz und Willen, in ihre jetzige Gestalt hineinwuchs.

Im Spiegel sah sie ihre Augen täglich trüber, kleiner werden, die Haut wie nasse Seife gequollen, die Lippen gesprungen. Das Haar stand, starr wie Puppenhaar, um ihren Kopf. Sie schnitt kreuz und quer daran herum. Was aber nicht half, was es nur fremder machte, unzugehörig.

Kaum nahm sie sich morgens die Zeit zum Anziehn. Sie riß, was zuoberst lag, aus den Schubladen, zog die Kleider wie ein Zirkusclown übereinander, so daß die Nachbarin, wenn sie sie auf der Treppe traf, tat, als hätte sie sie nie zuvor gesehn.

Und das Papier in der Wohnung wuchs weiter. Unbezahlte Rechnungen, halbfertige Vorträge, längst überfällige Bibliotheksbücher und Reklame, Reklame ... sie fegte es zu Boden und schob es mit dem Besen in die Ecke. Sie konnte nichts erledigen, nichts ordnen, nichts wegtun. Sogar die Notizen über die Gäste vergaß sie, das kleine Buch lag irgendwo, verkramt, vergessen.

Doch noch immer begann sie von Zeit zu Zeit pflichteifrig, an ihrer Arbeit weiterzuschreiben, was hieß: dieses Hindernis abzutragen, das sie noch vom Leben, wie sie es sich einmal gedacht hatte, trennte. Schrieb Römisch eins, zwei, drei etcetera, versuchte, ohne auszuufern, sich gewissenhaft dem theoretischen Teil zu widmen, wie ihr

Professor es wollte, wie ihre Freunde und Verwandten es von ihr erwarteten, um dieses ganz und gar erfüllten, sozusagen *vollkommenen* Lebens willen, das sich wie eine immer ferner rückende Verheißung irgendwo am Horizont befand ... um bald nur noch Papier und Bücher hin und her zu manövrieren, zu dösen, aus dem Fenster zu sehn; nichts ging weiter, nichts wurde zu Ende gebracht.

Traf sie beim Einkaufen zufällig Bekannte, bemerkte sie, daß sie Blicke aussandten, zielgenau wie Radarstrahlen, um ihren Gesundheitszustand zu erkunden; sie meinte auch den Ausdruck der Befriedigung wahrzunehmen, mit dem sie sich abwandten: O mein Gott, ich danke dir, daß ich nicht bin wie diese ...

Pinocchio, der lang Verflossene, der noch immer, wenn auch seltener erschien – aus Neugier oder aus Pflichtbewußtsein? –, betrachtete sie mit einer Mischung aus Interesse und Ekel, wie ein Insekt.

Könnte ich, dachte sie, wie ein solches die Wände hinauf! Aber sie war schlau, sie hütete sich, ihm gegenüber ihr Leiden auch nur mit einem Wörtchen zu erwähnen, sie stellte sich tot.

Auch Nat, ihr Freund, betrachtete sie. Doch wenn er ebenfalls ein Insekt in ihr sah, so jedenfalls im Gegensatz zu Pinocchio kein häßliches. Er schaute sie lange aufmerksam an, so etwa wie er seine Schmetterlinge ansah oder einen Feuersalamander. Das Phänomen *bestaunend*, dachte sie.

Zu ihm sprach sie offen.

Was ist das für eine Krankheit, Nat?

Frag keinen Arzt, er würde es nicht herausbekommen.

Pinocchio dagegen wälzte Bücher. Brach jedes Mal mit einer neuen, schlimmeren Bezeichnung in ihre Wohnung ein, in diesen tiefen, dunklen, doch belebten Untergrund.

Begann erst nur harmlos von Exaltation zu sprechen, dann schon von Halluzinationen, von ausfabulierten Konflikten, paranoider Entrücktheit ...

Du wirst es nicht in Büchern finden, sagte Nat dagegen. Es hat keinen Namen. Und wenn, ist es ein falscher, schon längst überholter.

Das gibt es nicht, sagte sie. Alles hat einen festen Namen.

Ich will ihn nicht wissen. Es ist dein ganz spezielles Leiden. Niemand darf es benennen. Namen, sagte er, sind die nicht sowieso nur Wanderer ... nie wirklich seßhaft in der Weltgeschichte?

Sie wollte sagen, wie sehr sie Nat für sein Nichtwissen liebte, fand aber nun ihrerseits nicht das Wort.

Doch in seiner Gegenwart wurde sie ruhig. Wenn er seine Schaubilder zeichnete – Modelle von Tier- und Pflanzenformen, wie sie sich im Lauf der Evolution verwandelten –, saß sie still dabei und sah aus dem Fenster. War nicht gezwungen, sich zu verstellen, zu täuschen, eine Rolle zu spielen. Sie saß am Fenster und horchte hinaus.

Er zeigte ihr seine Zeichnungen: die Versteinerung eines Trilobitenauges, vierhundert Millionen Jahre alt, neben dem Auge einer heute lebenden Taufliege.

Erstaunlich, sagte er, wie es immer komplexer, kunstvoller wird und sich doch auch zu wiederholen scheint – Zufall oder geplanter Zufall? Die Frage, die uns noch immer verwirrt. Die bis zum Sankt Nimmerleinstag die Geister verwirren wird.

Und regelmäßig, bei jedem Gespräch, kam er auf seine Sternwarte zurück. In der Mohave-Wüste, drüben, in Kalifornien, mit ihrem eben installierten Radioteleskop ...

Ja, er würde hinfahren, bald. Sowie er das Geld zusammenhätte. Sie wußte, daß er in seiner Freizeit gelangweilten Schulkindern Nachhilfe gab. Die Sternwarte, das war *seine* Geschichte, Nats besessener Traum.

Die Astronomen haben ausgerechnet, daß nächsten Herbst die Leoniden so zahlreich wie in keinem Jahr vom Himmel fallen werden. Wie Regenschauer, sagte Nat.

Und wie wäre es, wenn wir zusammen hinführen?

Sie stellte sich das Teleskop vor. Sie wollte sagen, daß nichts schöner wäre, als die Leoniden zu sehen. Und mit ihm zusammen. Doch sie sagte nichts. Sie horchte hinaus. Ihr Mund war verschlossen. Selbst in der Nacht, als sie sich liebten, blieb sie stumm.

5
Im Untergrund

Sie hörte sie, sah sie. Sie war ihr Mitwisser. Sie dirigierten sie, infizierten sie mit ihren Ideen. Mit ihren Entdeckungen, Enthüllungen, Begeisterungen. Doch leider auch immer häufiger, als hätten sie es sich vorgenommen, mit ihren Schreck- und Kümmernissen. Mit ihren lebensbedrohenden Zweifeln.

Die Frau mit den Flußaugen und der Wanderer gerieten täglich neu in Streit und gingen wie Furien aufeinander los.

Sie Simulant, schrie die Verwehte, Sie spielen mir Ihre Krankheit vor! Wollen Sie etwa in die Irrenanstalt?

Wer im Glashaus sitzt, antwortete der Mann und kicherte.

Der Trinker-der-Dichter in seinem ewigen Rausch murmelte leise, doch unmißverständliche Obszönitäten, es war unmöglich, sie nicht zu hören, und der Popsänger, der sich neuerdings einfand – aber war das nicht John mit seiner neunmalklugen Brille? – übertönte, unverschämt grinsend, alles mit seinen dissonanten Kadenzen. Und wieder war es wie auf sie – R. R. – gemünzt: die Obszönitäten, die jeden Gedanken betäubende Popmusik, vor allem aber das Wort, das Wort, das sie nicht aus dem Kopf bekommen konnte und das sie schon als Kind – sie wußte nicht, aus welchem Grund – gefürchtet hatte, der grausige Name: *Irrenanstalt*.

Zu allem Unglück begannen die Geister mit der Zeit, nicht nur ihre Wohnung in Beschlag zu nehmen, sondern tauchten dreist und unerwartet an den verschiedensten Orten auf.

Oft sah sie einen von ihnen unversehens im Film, winkend, ihr zuwinkend, zwischen den Schauspielern; doch gleich, wenn sie genauer zusah, sich dem Fernseher auf Armeslänge näherte, war er verschwunden, um bald anderswo wieder aufzukreuzen.

Und einmal, zu ihrem Schrecken, geschah es, daß zwei Männer während eines Streitgesprächs plötzlich zu reden aufhörten, daß sie vom Bildschirm geradenwegs in ihr Zimmer schauten, so als ob sie etwas – oder jemanden? – dort suchten. Obgleich sie nicht direkt zu ihr hinsahen, hatte sie auch jetzt den Eindruck, als ob sie etwas von ihr wüßten, daß sie ihr irgendwie auf der Spur waren. Sich Zeichen und sogar Notizen machten.

Vorsichtig schlich sie zum Fernseher hinüber, ein anderes Programm einzuschalten. Aber es war überall dasselbe: In jedem war es *ihre Sache*, die verhandelt wurde.

Sie hatte etwas getan und wußte nicht, was. Sie hatte *nichts* getan, wo sie doch etwas hätte tun sollen. Sie war zu den falschen Treffen gegangen, den richtigen dagegen ausgewichen. Sie war der Asta-Wahl ferngeblieben. Hatte nicht Stellung genommen. Sich vor der Entscheidung gedrückt. Zum Ostermarsch war sie erschienen, als die Leute sich schon zu zerstreuen begannen. Sie hatte Türen zugeschlagen. Sie war fotografiert worden. Sie hatte das Foto manipuliert. Sie wurde als Beispiel zitiert, doch wofür? Wofür?

War es ihr Aussehen, ihre Häßlichkeit, in die sie durch ihre eigene Schuld geraten war?

Das ewige Sich-beiseite-Halten?

Von den Studenten waren manchmal Flugblätter gekommen, von Max und Lilja unterschrieben. In jedem Semester, hatte sie gedacht, in jeder Schulklasse sogar, sind zwei oder drei dabei mit lebendigen Köpfen, die selbständig denken, noch über das, was ihnen aufgegeben ist, hinaus, Schüler, von denen sogar Lehrer lernen können. Es war um den Krieg in Vietnam gegangen; sie war entschlossen gewesen zu antworten und ... hatte doch gleich schon wieder den Entschluß vergessen; die Briefe waren, wie alles einstmals Wichtige, unterm Papierberg verschollen, sie konnte sie nicht wiederfinden.

Und die Bezweifler auf dem Bildschirm drüben, ihre Beargwöhner, sahen sie an. Hatten sie nun direkt im Visier.

Was wollten sie, was führten sie im Schilde? Sie waren jung und auf der Höhe ihrer Kraft; der eine erinnerte an einen Tänzer, der andere an einen jungen Professor – oder war es ein Dichter? –; sie kannte, kannte sie ... doch plötzlich, als hätten sie das Interesse verloren, wandten sie sich von ihr ab und gingen Arm in Arm davon.

Moralapostel! zischte sie hinterher, man kennt euch Typen! Das will die Welt verbessern und hat doch nichts als seine Parkbankangelegenheit im Kopf! Und tatsächlich: *Verbringen wir die Nacht zusammen?* hörte sie noch und darauf ganz leise: *Ein Coup de foudre!* ... und weg waren sie.

Doch sie, ohne Erklärung alleingelassen, ohne Ratschlag für ihr eigenes Leben oder wenigstens für ihre eigene Nacht, schaltete wütend den Fernseher ab.

Nichts hören, nichts sehen, nichts mehr erinnern.

Sie lief zu dem blonden Mädchen hinüber, das, wie sie wußte, nebenan auf ihrem Bett saß, um die Geschichte bei ihm loszuwerden.

Nur leider war auch dieses eben damit beschäftigt, den Gästen seine eigene zu erzählen, seine *wirkliche, wahre* Lebensgeschichte. Doch keiner der Versammelten wollte sie, da sie wahr war, wissen. Und wenn ihm tatsächlich einer zuhörte, so begann er alsbald, es auszulachen, so daß es wütend wurde und dann traurig, dann verzweifelt, um schließlich wie vernichtet das Weite zu suchen.

Sie faßte es nicht: Dieses vielgerühmte, in allen Ländern der Welt verehrte Geschöpf, das man schon fast als eine Göttin ansah, schien sich doch ebenfalls nicht helfen zu können, es kroch wie ein Hund am Boden davon. Als brauchte es selber Trost und Rat.

Aber während sie noch überlegte, ob es eventuell nur eine *Rolle* spielte, ihr zur Warnung (oder zum Trost?), entdeckte sie zu ihrem Erstaunen, daß die ihr verschriebenen Tabletten, die sie zunächst zwar weggeworfen, doch dann für den Notfall wieder eingesammelt hatte, vom Fensterbrett verschwunden waren. Sie wußte, es war ein Betäubungsmittel, eins der stärksten überhaupt, mit dem sich einer bequem und lautlos aus dem Leben hätte stehlen können; sie wollte der Diebin hinterher, doch die war längst über alle Berge. Was von ihr blieb, war nur die Spur eines starken Parfüms und dieser gräßliche und sie verstörende Verdacht.

Wer braucht hier eigentlich wen? fragte sie.

Sollten es etwa – wie allewelt doch nun schon seit Jahrhunderten vermutet – nicht nur die Menschen sein, die sich in Furcht und Verzweiflung Götter machen, sondern im Gegenteil diese letzteren selbst, die in ihrer Armut Menschen brauchen, niedere und ihnen untergebene Geschöpfe, ihr Angesicht drüber leuchten zu lassen?

Nichts denken, nichts wissen. Und ja nichts benennen!

Um sich zu zerstreuen – sie sagte aus Versehen »verstreuen« –, ging sie doch wieder hinaus.

Sie saß am Nachmittag beim Jugoslawen im Restaurant, es war um diese Zeit fast leer, und es gelang ihr endlich wieder zu schreiben. So notierte sie, was sie hörte und sah und was ihr durch den Kopf ging, in ein neues Heft, das sie nun immer bei sich tragen wollte. Es was das kleinste, das sie hatte finden können, kleiner als ihre halbe Hand, so daß es nicht groß auffiel im Lokal und sich im Bedarfsfall schnell wegstecken ließ. Zwar schrieb sie nur kurze Sätze hinein, Stichworte oder Andeutungen; aber das Büchlein sollte ihr Talisman sein.

Auch die Frau, die früher einmal beim Theater war, war da. Sie saßen an getrennten Tischen; doch sie beobachteten sich, sie lächelten flüchtig, und manchmal redeten sie sogar zusammen. Sie sprach wieder mit einem lebendigen Menschen.

Alles greift ineinander, dachte sie, wenn sie die Schauspielerin sah, auch sie ist ja ein bißchen ruinös, wie die noch immer beschädigten Häuser, ein wenig daneben, wie ich, aber ebenso wie alles hier herum doch auf dem Weg der Gesundung, schon fast übern Berg. Sie trug weiße, durchbrochene Spitzenhandschuhe und winzige silberne Sandaletten, exakt die gleichen, die auch die Blonde getragen hatte, und auch das gleiche weiße, plissierte Kleid; mit ihren schön ummalten Augen sah sie von innen auf das längst schon wieder bunte Leben draußen; bald würde sie dazugehören, sagte sie, würde sie wieder im Geschäft sein; es gab so gute Agenturen jetzt, das Fernsehen war doch gewaltig im Vormarsch, sie hatte fast schon einen Fuß im Sender, ach, Möglichkeiten über Möglichkeiten.

Eine unglaubliche Zeit, sagte die Schauspielerin, als ob ein neues, unbekanntes Stück anfängt; so war es nie ...

Sie sahen zwei Alten beim Schachspielen zu und machten sich ihre Gedanken. Woher kamen sie? Sie konnten, zerlumpt wie sie waren, dem Obdachlosenasyl entstammen ... oder auch einer Grunewaldvilla, einem noch immer zerbombten Palast, durch dessen Dach man in die Wolken sehen konnte; alles war denkbar in diesen Jahren.

Die Frauen nickten, lächelten, sie blinzelten sich bedeutsam zu: Hatten nicht beide, der Rundkopf und der mit der Löwenmähne, trotz ihres Alters etwas Zeitloses, unverschämt Jungenhaftes? Als würden sie nicht wie die gewöhnlichen Geschöpfe vorwärts ins Hölzerne, Steinerne wachsen, sondern, im Gegenteil, in die eigene Kindheit, rückwärts?

So daß sie, ganz im Geheimen natürlich, sich fragte: Sterben sie nicht?

Warum bin ich *krank* in so einer Zeit?

Da hatte sie – gegen alle Absicht – doch das Wort gedacht! Hatte es plötzlich laut ausgesprochen. Und wieder, schon wieder, schlug der Blick um.

Denn, als ob die Straßenschluchten es beförderten oder verursachten, begann es wie seinerzeit auf dem Nachhauseweg. Zu allem Unglück war es schon Nachsommer, diese windstille, undurchschaubare Jahreszeit, die betäubt und gleichzeitig unruhig macht. Die Erinnerung an frühe Krankheiten, doch ebenso an wild durchtobte Kindernachmittage zurückruft. Bald werden die Kastanien prasseln, dachte sie und ertappte sich, daß sie – obwohl sie wußte, daß sie noch fest in ihren Kapseln ruhten – unwillkürlich den Kopf einzog.

Sie hatte einen Umweg gemacht, um nicht so schnell nach Hause zu kommen, als sie die Schachspieler, die sie noch eben beobachtet hatte, vor sich hergehen sah – nicht hinter sich, sondern zehn Schritte vor sich –; so blieb ihr nichts übrig, als ihnen zu folgen, ja, sie war *gezwungen*, ihnen auf der Spur zu bleiben, ob es ihr paßte oder nicht.

Sie sah sie dann, ins Gespräch vertieft, eine Zeitlang gestikulierend vor ihrem Haus. Der Rundkopf zog den

Schlüssel aus der Tasche. Sie stiegen, als wären sie Mieter wie sie, zielgerichtet die Treppe hinauf, schlossen die Wohnungstüre auf – ausgerechnet die ihre – und traten ein; der Rundkopf voran, der Löwenkopf folgte. Sie mußte zusehn, wie sich letzterer die Schuhe von den Füßen schüttelte, sich in die bunte Karodecke wickelte und auf ihrem Küchensofa ausstreckte. Er klopfte seine Pfeife aus wie einer, der einer Idee nachhängt, für die ihm aber die Worte fehlen.

Doch welche Worte zu welcher Idee?

Sie saß neben dem Herd und wartete, wagte jedoch nicht, ihn danach zu fragen. Denn er war damit beschäftigt, mit einem Bleistiftstummel Zahlen auf die Rückseite einer Reklame zu schreiben; er lag längelang auf dem Sofa, rechnete und war nicht ansprechbar; die langen Füße ragten unter der Decke hervor.

So packte sie also den Rundkopf am Ärmel und suchte nach Antwort in seinen Augen. Doch wie schnell fuhr sie zurück, wie entsetzt sah sie weg und zu Boden!

Denn es waren diesmal andere Augen, die sie sah, keine trotzigen oder spöttischen, weder zudringliche noch schüchterne, auch nicht die sanften Flußaugen der *Verwehten*, es waren Freßaugen, Beißaugen, die sie ansprangen, oder aber Feueraugen, doch nicht offen lodernde, sondern tief innerlich schwelende, die alles ringsum zu versengen schienen. Kein Rundkopf, dachte sie, ein Feuerkopf.

Der war ihr schon mehr als einmal begegnet. Der und seine Kunstwerke, dachte sie, die ja allenthalben bei ihr herumhingen, auf dem Flur, in der Küche, über dem Bett – Plakate, Nachdrucke, Postkarten.

Aus Angst, ein Brandmal davonzutragen, hielt sie sich beiseite; sah zu, daß sie nicht in sein Blickfeld geriet, nicht in die Reichweite seiner Wut. Denn er begann, die eignen Bilder von der Wand zu reißen und aus ihren Rahmen, er tobte mit dem Rotstift darin herum, übermalte alles mit wilden Strichen; er machte sich auch über andere her, selbst über die Drucke der alten Meister, die schön und stumm die Vergewaltigung erduldeten, so lange, bis der Löwenkopf es nicht mehr ansehn konnte, sich aus der Karodecke wickelte und dazwischenfuhr.

Was wollen Sie Ihr eigenes Werk verderben? Er riß die *Frau mit dem Fächer* an sich, ihr Lieblingsbild.

Verschonen Sie das, es ist vollkommen!

Merde, schrie der Feuerkopf zurück, nichts ist vollkommen in dieser Welt, und ich verderbe, was, wie und solange ich will! Jetzt riß er die *weinende Frau* vom Haken:

Alles und jedes muß verdorben, durchgestrichen werden, jedes Bild, ja, jeder Mensch muß durchgestrichen ... durchkreuzt, übermalt, verbessert werden, bis er pur herauskommt, in seiner Essenz, und Sie ... Sie Kunstbanause, Sie Ignorant, werden mir nicht in die Quere kommen! Und als er auf den anderen losging, hörte sie, mehr als sie sah, verdächtige Geräusche, als ob die Männer handgreiflich würden, miteinander rängen, ja, sie vermeinte, sogar Schläge zu vernehmen.

Lehrer, dachte sie wütend, Überzeugungstäter, die ihre Meinung für das Evangelium halten; es können nur solche sein, deren Leidenschaft es ist, anderen etwas beizubringen, auf Biegen und Brechen – sollte *sie* etwa hier etwas lernen, war ihr Wissen unvollkommen, ihr Kunstgeschmack ...? Und sie erinnerte sich plötzlich, noch während ihres ersten Schuljahres, kurz nach dem Krieg, von der Lehrerin geschlagen worden zu sein – zwei also, die ihr etwas beibringen, einpauken wollten, ihr war, als würde sie selber geschlagen, selber *durchgestrichen* werden.

Ein Krankheitszeichen? mußte sie denken; denn war da nicht ein Artikel gewesen, kürzlich, über die Krankheit und ihre Symptome, wie jemand von einer Sekunde zur anderen wie ohne Haut dastand, wie preisgegeben ... Sie wurde das Bild über Tage nicht los; und obgleich die Nachbarn, wenn sie sie sahen, freundlich taten, sogar freundlicher als früher, wie ihr schien, merkte sie, daß sie heimlich grinsten, daß die Zwillinge des Hausmeisters ihr hinter dem Rücken Gesichter schnitten.

Überhaupt nahm sie alles und jedes nun deutlicher wahr, als wären ihr an Kopf und Armen und sogar im Rücken Antennen gewachsen. Mit der gesteigerten Wahrnehmung aber steigerten sich die Gefahren, die Befürchtungen auch.

Bilder von eisernen Zäunen drängten sich auf, mit Türen, die nur einseitig zu öffnen waren, von alten Parks mit kreisrund angelegten Wegen, darin grimassierende, randalierende Gestalten, Tobsüchtige oder Katatoniker, an Bäume und Mauern gedrückt.

Der kleine Leutnant fiel ihr regelmäßig ein, den sie im Krieg durchs Städtchen tanzen sahen – wahnsinnig lachend über den Krieg –, dem alle Kinder, ebenfalls lachend, hinterhertanzten, oder der Strick, an dem sich Stichwehs Elli mit zwölf erhängte und der dann noch lange im Apfelbaum hing.

Sie dachte sich die Wirkung von Elektroschocks in allen Einzelheiten aus, bis ihr am Ende die Glieder weh taten. Und manchmal hörte sie sogar Sirenen gehn, wie schon einmal, wie früher; die Mutter sah sie, wie sie wohl hundertmal ein schwarzes Kleid zuschnitt.

Es wird schon, wird schon wieder werden, sagte Pinocchio, der nach einer langen, diesmal sehr langen Pause noch einmal gekommen war, noch einmal, wie er sagte, *die Flügel über sie breiten wollte.* Wie üblich brachte er wieder Tabletten, die sie in seinem Beisein schlucken mußte.

Du siehst besser aus, heute.

O ja, sagte sie, mir geht's ausgezeichnet. Und es wird besser und immer noch besser werden!

Bald, bald schon hätte sie sie in der Tasche, sie meinte: ihre Habilitation; es würde eine kleine Feier geben, beim Jugoslawen an *ihrem* Tisch; alle Studenten würden da sein, alle, an denen sie hing, alle, die an ihr hingen; der Aufstieg, sagte sie, sei unaufhaltsam.

Ihre inzwischen erfolgte Dispensierung hütete sie sich zu erwähnen.

Pinocchio tippte auf die New York Times, die ihm *ganz durch Zufall* in die Hand gefallen wäre.

Du solltest es lesen. Erstaunlich, was alles im Ausland entwickelt wird jetzt. Immer neue Roborantien, Stimulantien; Sedativa, Antibiotica, Zytostatica, Neuroleptica – man ist uns auf diesem Gebiet voraus.

Doch nicht mehr lange, sagte Pinocchio, fast haben wir sie ja eingeholt drüben, wenn nicht sogar schon überholt; es wird schon in den Griff zu kriegen sein, diese Krankheit vor allem ...

Welche Krankheit? fragte sie.

Nun, all diese ... sie merkte, wie er es verreden wollte. Ich meine: den ganzen Komplex, dieses nicht eben seltene Leiden, das – was übrigens interessant ist – im Frieden häufiger als in Kriegszeiten auftritt ... Was ich sagen wollte: Unglaublich, wie so ein Quentchen Chemie, die paar Milligramm einer neuen Substanz, den Menschen augenblicklich beruhigen und ... was nun wirklich ein Wunder ist ... ihn lebenslang in diesem Zustand halten kann.

Wie hält man Menschen? fragte sie.

Es ist nur ein Beispiel, sagte Pinocchio.

Na also, sagte sie, erfreulich!

Dieses *in den Griff kriegen* gefiel ihr über die Maßen. Wie ihr überhaupt neuerdings Sätze, auch einzelne Wörter, auf die sie früher nie geachtet hatte, gefielen. Die sie im Chor der vereinigten Reden entdeckte, ja, die sie regelrecht begeisterten; Kostbarkeiten, wie eine schöne Distel am Feldrand zum Beispiel, wie die Kreuzotter im Unterholz.

Glaubst du, fragte sie ihren verflossenen Freund, hältst du für möglich, daß man es in den Griff kriegen könnte, ich meinte natürlich nicht *mich*, wollte sagen: das Jahrhundert, die ganze Zeit, nach all diesen Crashs, den Um- und Abstürzen ... so daß schließlich ... womöglich ... am Ende gar nichts mehr ausbrechen müßte, weder Krankheiten noch Revolutionen, ja selbst keine Kriege mehr?

Er schüttelte merkwürdig lange den Kopf.

Es hat Sit-ins gegeben, im Institut ... wieder merkte sie, wie er ihr auswich.

Und ein Student, den man mit Flugblättern erwischte, wurde festgenommen; er sitzt. Einer von deinen Studenten, heißt es.

Was, schrie sie außer sich, wer ist es?

Ich habe den Namen vergessen. Und was die Sit-ins betrifft ...

Was gehen mich eure Sit-ins an! schrie sie noch lauter, wenn du den Namen nicht weißt!

Beruhige dich, sagte Pinocchio, griff wie geistesabwesend nach seiner Jacke und wollte hinaus.

Sie hielt ihn am Ärmel fest.

Wieso sollte ich mich beunruhigen, wo doch heutzutage alles *in den Griff* zu kriegen ist! Wo doch alles lustig und gesund ist, satt und gesund, keiner mehr hungert, keiner mehr friert ...

Jetzt begann sie zu lachen, sie heulte, lachte und sang, alles durcheinander:

Friert nicht, hungert nicht, weint nicht, schießt nicht ... und eines Tages, Pinocchio, ich wette, stirbt auch keiner mehr!

Ihr Freund verabschiedete sich übereilig.

Sie aber packte erst recht die Wut: auf Pinocchio, auf die Studenten, auf alle Gesunden, die Starken, Aktiven, die ganze Welt ... und erst am Ende des Tages auf sich selbst.

Wieder hatte sie sich verraten, sich gegen ihren Willen gehen lassen, so daß sich die Menschen von ihr abwandten.

Oder daß sie sich von den Menschen abwandte?

Daß sie abgewandt wurde?

6
Der Trost der Liebe

In den Nächten danach schlief sie, wie viele Einsame, schlecht. Am Tag war sie träge, wanderte ziellos in der Wohnung umher, wie mit einer Kappe aus Müdigkeit. Ließ selbst die Gespräche, die unvermindert andauerten, an sich vorbeirauschen, hörte mit halbem Interesse zu. Notizen machte sie jetzt nur noch flüchtig, in unregelmäßigen Abständen.

Ihr Freund Nat, der Biologe, schien spurlos verschwunden; kein Anruf, kein Brief mehr von ihm zu ihr.

Eine Zeitlang hatte sie sich noch die Illusion erhalten, daß *sie* es war, die ihn auf Abstand hielt. Sie oder diese ihre Geisterkrankheit. Und: daß sie ihn jederzeit wieder zurückrufen könnte. Als aber dann die Monate vergingen, das Warten schließlich unerträglich wurde, mußte sie andere Gründe erfinden.

Er wird sich aufs Examen vorbereiten, sagte sie. Die alten Eltern im Westen besuchen. Ist unterwegs auf einer Exkursion mit seinen Leuten.

Den Gedanken an die Sternwarte verwarf sie; niemals wäre er doch ohne sie dorthin gefahren.

Doch zur Erkenntnis des Verlassenseins gehört Kraft. Eine Art Beiseitetreten, das sie nicht schaffte.

Stundenlang saß sie nun vor dem Telefon, dachte, es zu hypnotisieren, durch konzentriertes Starren die Klingel in Gang zu setzen.

Sie rannte früh, wenn die Post noch längst nicht in der Straße war, zum Briefkasten und fand ihn leer. Fand dann auch später, zur *rechten* Zeit, wenig darin, in all den Wochen kaum mehr etwas an sie Adressiertes.

War aber doch einmal etwas dabei, warf sie es ungeöffnet zu dem im Flur aufgetürmten Papier. Klingelte doch einmal das Telefon, stand sie lange atemlos davor, ohne den Hörer abzuheben.

Was, dachte sie, wenn es statt des erwarteten Briefs nur ein Reklameschreiben wäre, statt der erwünschten Stimme eine andere, ein Fremder, der sich verwählt haben könnte.

Es ist gut, sagte sie zu sich selber, warum das Schicksal derart herausfordern? Sich seiner Niedertracht freiwillig aussetzen? Sie rührte keine Hand und keinen Fuß.

Statt dessen wanderte sie in Gedanken zurück, rief sich alle Tage ins Gedächtnis, die Stunden, Minuten, Berührungen, jeden einzigen Blick des Geliebten – sie gebrauchte jetzt öfter das uralte Wort –, wohl zehnmal, hundertmal am Tag, wie um sie noch einmal geschehen zu lassen.

Suchte sich sein Gesicht, das ihr abhanden zu kommen drohte, aus den Einzelzügen zusammenzusetzen. Sah ihn im Labor beim Mikroskopieren, mit dieser Blässe unter den Augen, wenn er aufschaute über dem Okular, diesem Erstaunen, als käme er von einer anderen Galaxie zurück; erinnerte sich seiner Begeisterung, ein Fetzchen Haut, ein Haar in vieltausendfacher Vergrößerung plötzlich als Landschaft zu sehn, scharf zerklüftet, pflanzenhaft wuchernd, oder geordnet zu geometrischen Formen, zu Feldern, kristallinen Mustern.

Und zum ersten Mal begriff sie, daß sie außer Nat niemanden kannte, der noch ein solches Erstaunen aufbrachte für die belebte, die unbelebte Natur, für Steine, Tiere, Pflanzen und, dachte sie, für eine Frau, für sie ... und der zudem die Freiheit besaß, es vor niemanden zu verstekken.

Erstaunen, Freiheit – was haben sie miteinander zu tun?

Erstaunen, Liebe – gehören sie zusammen? Ist eins nicht denkbar ohne das andere? fragte sie laut; doch niemand war da, der ihr antworten konnte.

Wenn ich nur sein Gesicht fände, dachte sie, wenn ich es wieder zusammenbekäme, wäre alles in Ordnung; dann wäre die Entfremdung nur eine zufällige, beruhte lediglich auf einer Einbildung; dann käme er sicher zu mir zurück.

Überhaupt ertappte sie sich in letzter Zeit öfters dabei, wie sie Wetten mit sich selber einging. Wenn die Ringeltauben im Hof, sagte sie zum Beispiel, heute fünfmal hintereinander rufen, dann ... Wenn das Horoskop für diese Woche gut ausfällt und so weiter ... bis ihr einfiel, wie sie als Kinder Fotos ausgependelt hatten von Vätern, Brüdern, Freunden im Krieg ... und wie es schon damals vergebens gewesen, wie das Gewünschte nie und nimmer eingetroffen war.

Sieh mich an, flüsterte sie und suchte zwischen den Mustern ihrer Tapete, die fast so alt wie das Jahrhundert war, zwischen den Ranken und Weinblättern sein Gesicht. Suchte, es heil und unzerstückelt zu finden, doch je länger sie suchte, desto weiter wich es zurück; je öfter sie rief, desto fremder wurde ihr ihre Stimme, schien schließlich wie ein Kugelblitz die vier Wände des Zimmers zu umkreisen und kam als Echo aus der entferntesten Ecke zu ihr zurück.

Nein, es war kein Echo und auch ihre Stimme nicht mehr. Es war die der Blonden, die sich, erregt flüsternd, mit jemand anderem unterhielt. Sie, die gewohnt war, vor der Kamera zu nicht vorhandenen Personen zu sprechen, hatte das Gesicht erhoben und sprach ... zu niemand anderem als dem schönen Soldaten auf dem Plakat an der Wand, dem großen Unergründlichen, mit dem sich damals viele unterhielten. Zu dem die Blicke der Studenten, wenn sie zu Besuch waren, wieder und wieder hinwanderten; zwar war es noch nicht das berühmte Bild, nicht das, das später jeder kennen sollte, das mit den Locken und der Mütze und dem Stern; es war das erste, das sie von ihm sahen, ein verrücktes Bild, mit der Havanna schief im Mund und einem Cowboyhut, durch Mäxchen über einen Freund aus Spanien eingeschleust.

Sprachen sie *miteinander*? Die beiden sahen sich lange und inständig an, so daß auch sie, die unbeteiligte Beobachterin, sogleich den Blicken verfiel und ihrem alten Aberglauben: Wenn die Geschichte zwischen ihnen gut ausgeht, dann auch die meine; und da es in dem folgenden Gespräch um Liebe ging – natürlich ging es um Liebe –, bemühte sie sich, kein Wort und keinen Seufzer davon zu verlieren.

Sie nahm neidlos die Schönheit der beiden wahr, mit dem brennenden Wunsch, daß sie, langsam wie eine Transfusion, in sie einfließen möge ...

Tatsächlich war sie bald imstande – so wie es ihr manchmal im Kino geschah –, sich selber gänzlich zu vergessen, Haar, Haut und Gesicht, ihre Herkunft und alle Lebensumstände, sie geriet in diesen wunderbaren, völlig gedankenledigen Zustand, dem sie nun immer öfter verfiel.

Wenn es doch bliebe! hörte sie sich selber sagen. Doch da, schon wieder, war es gestört, war durch ihre Worte, ihr plötzliches Bedenken, der Strom unterbrochen, und die Übertragung stockte.

Von dem Augenblick ihres Kleinmuts an bemerkte sie, daß die beiden auch nur wieder in der alten, abgeschabten Liebessprache miteinander sprachen, wie ganz gewöhnliche Paare, daß sie sogar noch schneller kälter wurden, noch erschöpfter als diese, und je gewaltigere Worte sie im Munde führten, um den Dialog zu befeuern, desto mühsamer wurde er.

Sag es, bettelte die Blonde, sags mir doch! Endlich! Das Wort! Das Wort!

Der schöne Guerillero lachte.

Habe ich dir nicht längst schon alle gesagt?

Alle, alle, jawohl, doch nicht *das*! Das wahre, einzige, allein für mich! Sie begann zu weinen. Niemals das … das … das!

Aber mehr, meine Kleine, gibt es nicht. Und schon gar keine wahren! Nicht in *dieser* Welt.

Du bist nicht um die *ganze* Welt gefahren! Du flogst nicht *weit* genug, Soldat! Du hättest es finden müssen … für mich!

Und es endete in tödlicher Erstarrung.

Es gilt nicht, versuchte sie sich einzureden, ich habe nicht aufgepaßt, war nicht bei der Sache; ich muß es noch einmal versuchen. Aber sie wußte, sie hatte die Wette, sie hatte ihren Freund Nat verloren. Es war jetzt still im Zimmer. Soviel sie auch horchte, sie hörte nichts mehr.

7
Die große Wut

Doch dann, allein in ihrer Zimmerecke kauernd, geriet sie unaufhaltsam in Wut. Sie begann im Kreis zu rennen, sie schlug an die Türen, zerkratzte die Wände, sie warf die Stühle um und schrie, daß die Gäste zurückkommen sollten, und zwar alle auf einmal; sie wollte Auskunft, Rechenschaft, Rechtfertigung, Dank für die Gastfreundschaft womöglich, wollte sie jetzt, hier, auf der Stelle, ungeachtet ihrer Streitereien, selbst ihrer Gemeinheiten, Indiskretionen, ihrer sattsam bekannten Schamlosigkeiten.

Sie verlegte sich, als alles still blieb, sogar aufs Betteln und hätte doch längst wissen müssen, daß sich Götter weder kommandieren lassen noch auf Anbiederungen solcher Art, geschweige denn Gebete reagieren.

Verdammte Hochstapler! zischte sie.

Blender, Versager, Defraudanten! sie suchte nach der schlimmsten Bezeichnung.

Ihr ... ihr *Ungeburten*, sagte sie kalt.

Da aber, als hätte sie mit ihrer Lästerung plötzlich den Schlüssel gefunden, den einzigen für das vertrackte Schloß, sprang es auf, da wurde es im Zimmer hell, veränderte sich alles auf der Stelle.

Aus allen Ecken, durch jede Tür brach es los und herein, es war ein Getrappel, Geschiebe, Geschlurfe im Raum, Krücken und Stöcke auf dem Dielenboden – *Holz auf Holz, das klingt so gut!* fiel ihr ein, das hatten sie einst als Kinder gesungen, der vielen Holzbeine wegen im Krieg –, es war ein Gehuste, Gekeuche, Gewürge ...

Oh, Herr im Himmel, was für ein Pack, dachte sie, diese

Armee von Geschundenen, Geschlagenen, Verwirrten, die sich aufspielen wollten, eine Krüppelversammlung; sollten das etwa ihre Götter sein, die, die sie einst, in Bücher eingesperrt, vermutet hatte, deren Bilder, Lieder und Geschichten sie bewunderte?

Und jetzt vor ihren Augen nichts als Ausschuß; gewikkelte Beine, geschwollene Hälse, ein unaufhaltsam zerfallender Unterkiefer, ein entgleister Gesichtsnerv, es roch nach Eiter und alten Matratzen, es roch wie in einem Feldlazarett, dem das Karbol zu Ende ging, es roch sauer wie in der Kirche von Lourdes, wohin man die Moribunden karrt; ihr wurde übel, sie schrie vor Ekel, sie rannte hinaus ins Treppenhaus, zu den Menschen wieder, den Nachbarn, die dort schon in den Türen lauerten, wollte nichts als ein Trostwort, eine Berührung ... Da schlugen die Leute die Türen zu und verließen sie, wo sie doch hätten bleiben und ihr beistehn sollen, ihr helfen, sie von den Gespenstern befreien ...

Da war sie allein zwischen Tür und Angel und wußte nicht weiter.

Als sie sich dennoch überwand zurückzugehn – in einer Mischung aus Trotz und Furcht, aus Neugier und einem Anflug von Mitleid –, geschah es ihr jedoch seit Monaten zum ersten Mal, daß die vergessenen Namen zu ihr zurückkamen, zwar wenige nur und flüchtig vorbei wie Blätter im Herbststurm, noch ohne Bezug zu Personen und Dingen, so wie zu jemandem, der langsam, in Schüben, aus der Narkose erwacht.

Virginia, hörte sie von ferne rufen, auch: *Robert*, auch: *Dylan*, auch: *Marilyn ...* und danach, sehr deutlich, als wäre es ein besonderer, mehrmals den Namen: *Morandi*.

Sie nahm ihn aber nicht für einen Menschennamen, sondern für ein Weissagungs- oder Beschwörungswort.

Sie sagte es dann zweimal laut, so als könnten Worte Türen und Verliese öffen ... und tatsächlich sah sie im gleichen Augenblick die Eindringlinge anders, auf eine unerwartete Art, sah sie groß ausgeleuchtet jetzt, ein jeder schien im Augenblick zu wachsen und schaute über die Versammlung stolz ins Weite – nichts von Behinderung war mehr zu entdecken.

So hatte sie sie sich vorgestellt, als sie, im zweiten Jahr des Kriegs, über die Bücherberge gesprungen war. Als der Vater auf die Regale gezeigt hatte, die damals, massiv und dunkel, noch Glasscheiben trugen:

Was meinst du, wenn alle, die da oben hausen, aus ihren Büchersärgen stiegen und sich im Zimmer versammelten?

Das gäbe ein schönes Palaver, sagte das Kind.

Und Staub, vermutete der Vater.

Es war das letzte Mal, daß sie ihn hatte lachen hören, bevor er eines Abends hinaus in die Nacht, in den Krieg verschwand, doch die Gäste waren noch immer da, sie standen hochaufgerichtet im Kreis, sie lächelten, sich ihrer Größe bewußt, präsentierten sich in diesem Bühnenlicht im Zustand vollkommenen Gleichgewichts, sie veränderten wie auf Kommando den Blick und sahen sie an.

Zum ersten Mal sahen sie sie an. Mit Adleraugen, Schlitzaugen, Erzengelaugen ... mit Raubtieraugen, Kannibalenaugen, uralten Götteraugen, sie taxierten sie, durchleuchteten sie, schienen sie bis auf den Grund ihrer Seele zu kennen. Oder, argwöhnte sie, zu verachten?

Ohne weitere Überlegung aber begriff sie, daß hier nur solche versammelt waren, die sie früher einmal bewundert oder zumindest beobachtet hatte, denen sie längst schon auf der Spur gewesen war.

Sie alle hatten geschafft, was sie sich selber zu schaffen

wünschte, das allerdings über das gewöhnlich Wünschenswerte und Ersehnte weit hinaus ging – über die große Entdeckung etwa, den einzigartigen Lebensentwurf, ach, und die ideale Liebe auch –, es war etwas, das noch darüber – oder daneben – lag, für das sie aber keine Worte fand, es zu beschreiben.

Sie wußte, es war ihre Chance, jetzt hier mit ihnen ins Gespräch zu kommen, sie auszufragen, auszuhorchen, ihnen Geheimnisse zu entlocken; sie machte sich also an sie heran, gab sich unbeteiligt, näherte sich wie unabsichtlich und wollte doch nichts weniger als guten Rat von ihnen, was ihr Leben, die Liebe, die Arbeit betraf; doch, wie schon früher oft im wichtigsten, entscheidenden Moment, fiel ihr nichts ein. Oder jedenfalls nicht das Richtige.

Wie habt ihr es gemacht? fragte – oder besser – stotterte sie. Ich meine: wann ... wo ... wie ... zu welcher Zeit ... auf welche Weise?

Es ... was? fragten sie. Sie sprachen zu ihr! Zu ihr allein!

Das ... das ... sagte sie schnell und noch einmal: das! Hätte gern auch ergänzt: was euch so unabhängig macht oder so frei, so stolz, so selbstgewiß ... oder auch: so bodenlos sicher, großspurig, eingebildet!

Ach das! riefen sie.

Das ... das ... das, echoten sie im Chor und begannen zu lachen. Unter Gelächter wandten sie sich ab und zur Tür und wollten sich aus dem Staube machen.

Jetzt oder nie, dachte sie.

Halt, schrie sie, niemand verläßt das Zimmer! Was nur noch größeres Gelächter und allgemeine Heiterkeit hervorrief.

Kein einziger ließ sich herab zu antworten. Zwei schöne

Frauen trieben Arm in Arm vorbei und fixierten sie, als wollten sie sich ein Bild von ihr machen. Sie wurde verlegen. So pflegten jedes Jahr die neuen Studenten zu schauen, wenn sie zum ersten Mal den Raum betrat. Die Blicke waren ihr bekannt, die prüfenden, schnellen, die schneidenden: Woher kommt sie, was bringt sie, worauf will sie hinaus? Wird sie sich öffnen? Anbiedern? Verschanzen? Trägt sie ihr Herz auf der Zunge? Verkleidet sie sich?

Sie bemerkte, daß die beiden – wie eben von der Bühne oder einem Maskenball gekommen – in Kostümen waren, die eine in silberfarbenem Brokat, doch mit einer Katzen- oder Tigermaske vorm Gesicht, die andere schwarz gekleidet von Kopf bis Fuß, wie in einer Kutte, mit einem Strick um den Leib. Schien die erste das Inbild der schönen Verführerin, so die zweite, wie um des Kontrastes willen, ohne Geschlecht; war sie ein Mönch in einem Nonnengewand oder eine Nonne, hergerichtet wie ein Mönch? In ihrer Gürteltasche steckte ein Messer.

Hier herrscht Kleiderzwang, sagte denn auch, als könnte sie Gedanken lesen, die erste, will heißen: Kostümzwang, hier kommt niemand ohne Verkleidung herein.

Schärfer noch als von ihren Studenten wurde sie jetzt von den beiden gemustert, wurde geprüft und beurteilt; dringlicher als die früheren Gäste wollten ihr auch diese etwas zu verstehen geben, etwas Wichtiges, das – was ihr neu erschien – nicht nur ihren gegenwärtigen Zustand betraf, sondern mit jedem der zuvor erhaltenen Winke zusammenhing.

Ich wette, flüsterte die Schwarze der Tierfrau zu, sie schafft es nicht. Wird es ihr Lebtag nicht schaffen. Wird niemals irgendwohin gehören.

Dafür leg ich keine Hand ins Feuer, sagte die Schöne, warten wir's ab.

Fast war da eine Spur von Mitgefühl in ihren Worten, von Erkennen, Verstehen beinah, doch der ungeduldige Mönch packte sie, als wäre sie sein Liebchen, so daß der Brokat riß, und zog sie gewaltsam mit sich davon.

Sie aber, die lange schon zu keiner Gesellschaft mehr gehört hatte, kam sich in ihren Kleidern deplaciert vor. Sie sah in den Spiegel. Mit ihrer alten, geerbten Pelzjacke, den drei Röcken über ausgebeulten Hosen, war sie einer Clownsgestalt ähnlicher als einer Frau, wußte sie – die ihren Liebhaber vergessen und ihren Freund zum Teufel geschickt hatte – ebenso wie ein echter Clown nicht mehr, welchen Geschlechts sie war. Doch konnte sie nicht einmal darüber lachen.

Mehr als alles andere auf der Welt wünschte sie sich in diesem Moment ein richtiges Kostüm, eins, das zu ihr paßte, um von den Stolzen, Erfolgreichen, Vielgerühmten, all diesen Selbstgewissen wahrgenommen zu werden.

Als Unerkannte an-erkannt zu sein. Neidvoll sah sie den beiden nach.

Bleib! rief sie schließlich und lief einem Mädchen nach, das sich abseits hielt und etwas verstohlener, sozusagen menschlicher, als die anderen lachte. Es trug altmodische Knöpfstiefel und führte einen großen Hund an der Leine mit sich. Von Zeit zu Zeit hielt es an, um etwas in ein Büchlein zu schreiben, das kleiner war als seine halbe Hand. Es war bleich wie der Tod, und sie meinte, es von früher zu kennen.

Du, sagte sie, leiser jetzt, um niemandes Eifersucht zu wecken, die du von allen Geschichten, die ich las, die wildeste schriebst, die größte und gewaltigste der letzten hundert Jahre, wie ... wie schafftest du es?

Das Mädchen schaute so abweisend, daß ihr der Name Noli me tangere einfiel.

Welche Geschichte? fragte es zerstreut.

Die von dem Findlingskind, antwortete sie, das sich zu einem Ungeheuer auswächst. Von dem Tyrannen, der seiner Schwester, die er liebt, keine Ruhe läßt und sie sich schließlich hörig macht. Die von der blutigen Hand am Fenster.

Ach die, sagte das Mädchen gelangweilt.

Diese unerhörte Geschichte von Gewalt und Betrug, wollte sie ergänzen, als dieses halbe Kind seinen Hut aufsetzte, seinen Hund rief und sich anschickte zu gehen.

Ich dachte, es sei eine Liebesgeschichte.

Wenn das Liebe sein soll, rief sie empört, wo da nichts als Krieg herrscht, nichts als falscher Stolz, Lug und Trug, wie überhaupt in den neuen Büchern ... nichts als Gemeinheit, wohin einer sieht!

Wollen wir pokern? fragte das Noli me tangere und schaute über ihren Kopf hinweg, als ginge es alles nichts an. Dann begann es, ein Kartenspiel zu mischen.

Wie wäre es mit einer Partie?

Sie kehrte dem Mädchen wütend den Rücken und ging zu einem hinüber, einem bleichen Menschen, der wie ein in den Schnee gestürzter Engel aussah, doch leider einen Buckel trug. Als einziger in der Gesellschaft lachte er nicht. Sie erkannte den Mann aus Kopenhagen, ehrfürchtig näherte sie sich ihm, der in Gedanken aus dem Fenster sah.

Sie werden ernsthaft mit mir sprechen, sagte sie, und mich mit Ihrer Antwort nicht verwirren!

Er war so fein und zart, daß sie sich nicht getraute, ihn zu duzen.

Sie, der Sie riskierten, am Thron des Allmächtigen zu rütteln, der Sie mit Todesmut, sagte sie, das Gebäude Ihrer Herrn Kollegen Philosophen einzureißen wagten, um aus den Trümmern ein neues zu bauen – endlich eines für unsere Zeit –, verraten Sie mir: Woher nahmen Sie Ihre Kraft?

Verrat' ich es? Verrat' ich es nicht? Er lächelte nun doch, allerdings, wie ihr schien, etwas hinterhältig.

Wenn Sie so freundlich sein wollen! rief sie und hätte beinahe hinzugefügt: Gern würde ich mir ein Beispiel nehmen.

Warum auch nicht? Sein Grinsen verstärkte sich.

Ich meine ... nur einen Tip vielleicht, einen Fingerzeig.

Nichts leichter als das! antwortete der gefallene Engel. Passen Sie auf: Sie gehen einmal die Østergade hinauf und einmal die Østergade hinunter. Doch ob Sie die rechte Seite hinaufgehen und die linke hinunter oder die linke hinauf und die rechte hinunter, das Verhängnis ereilt Sie in jedem Fall.

Sie hörte jemanden hinter sich lachen und drehte sich um. Das war mal wieder John, der Spötter, mit seiner albernen Brille.

Hey John, rief sie, bin ich von Taschenspielern umgeben, von einer Bande von Trickbetrügern? Was soll man glauben? Woran sich halten?

Raushalten, sagte John, zog ein Kuvert mit einem Pülverchen heraus und schnupfte etwas von seinem Handrükken auf.

Warum machst du es nicht wie sie, sagte er, auf das Noli me tangere deutend; bleibst still in deinem schönen, fernen Niemandsland und horchst auf den Wind in den Ofenrohren!

Das gestiefelte Mädchen warf ihm die Spielkarten ins Gesicht, und es gab Gelächter von allen Seiten.

Jetzt aber war *sie* es, die sich ausgelacht vorkam und

wütend wurde und lauter als alle, die ganze Gesellschaft, die ihr schon wieder krank und moribund erschien:

Ein Gelehrter von hinter den sieben Bergen, ein krüppliger Engel, will mich mit seiner Weissagung für dumm verkaufen!

Ein halbstarkes Mädchen, eine halbschwache Frau, diese pokernde Madonna, die vermutlich nicht weiß, wie ein Mann ohne Kleider aussieht, glaubt, mir die Liebe erklären zu können.

Und ein Pop-Guru, der lange ausgesungen hat in seinem Nowhereland, möchte Botschaften an die Menschheit aussenden!

Bleibt mir doch vom Leibe, allesamt, schrie sie, und riß Türen und Fenster auf, damit der Sturm sie hinausfegen konnte.

Nur Sie allein, sagte sie zu dem letzten, der sich in seiner Ecke noch immer still an seiner Staffelei zu schaffen machte – sie wußte plötzlich, daß er nicht anders als *Morandi* heißen konnte –, Sie sollen mir raten!

Gehn Sie mir aus dem Licht, rief der Maler, sein Bild fixierend. Vor allem: Unterlassen Sie die Fragerei! Meine Antwort könnte geharnischt ausfallen.

Gefrage, fuhr er knurrend fort, immerwährende Fragerei! Das ginge noch an. Wenn nicht die Leute Antworten wollten, schnell, billig, vom Band wie Zuckerbonbons! Fabriziert sie euch selbst, baut euch Antwortfabriken!

Nur, schrie er, nein, verlegte sich aufs Brüllen: Mir aus den Augen! Aus dem Licht! Aus dem Licht!

Sie floh in die Küche, Kaffee zu kochen. Sie setzte sich Kopfhörer auf. Doch was drang heraus? Ein Potpourri, ein Echo aller Stimmen, die sie jemals hörte, der Stimmen, die sie hören *wollte*, und derer, die sie *nicht* hören wollte. Selbst derjenigen, die sie längst vergessen glaubte.

– Ob du rechts hinaufgehst oder links hinunter ...
– Sie schafft es nicht. Niemals!
– Verrat ich es? Verrat ich es nicht?
– Sie spielen mir Ihre Krankheit vor!
– Das wahre, einzige Wort für mich!
– Muß durchgestrichen, verbessert werden.
– Ich dachte, es sei eine Liebesgeschichte!
– Wird niemals irgendwohin gehören!
– Wollen wir pokern?
– Der Fluß heißt Ouse.
– Das Wort! Das Wort!
– Habe ich nicht längst schon alle gesagt?
– Aus dem Licht! Aus dem Licht!
– Mehr, meine Kleine, gibt es nicht!
– Immerwährende Fragerei!
– Armes Kind!
– Armes Kind!
– Armes Kind!

8
Die Macht der Mütter

Da nahm sie vier Schlaftabletten auf einmal, das hatte bisher noch immer gewirkt. Und es wirkte auch jetzt. Nicht, daß sie gleich einschlief. Aber die Stimmen, die Unglücks-, Verzweiflungs-, Versagensbotschaften entfernten sich langsam und wanderten ab; sie sah alles von weitem, wie im Theater, von der letzten Reihe des dritten Rangs: das Noli me tangere, totenbleich, von seinem Hund dem Sturm entgegengezogen, den buckligen Luzifer, wie Ahasver durch das winterliche Kopenhagen hinkend, sie sah den Trinker-den-Dichter im Vollrausch mitten auf dem Broadway schwanken ... doch nichts schmerzte, nichts brannte sie mehr.

Im Gegenteil: Alles passierte ja den anderen. Als wären sie ihre Stellvertreter, verfolgte sie die Schicksale, mit Spannung, sie hörte den Krankengeschichten zu, wie Kinder Geschichten zuhörten, wie Nat ihnen immer zugehört hatte, den schlimmsten, schaurigsten am liebsten; sie war in einem regelrechten Zuhörrausch, als etwas eintrat, das alle Geister zum Verstummen brachte.

Noch eben hatte sie überlegt, was es ist, das jedermann so gern von Mißgeschicken hören läßt, von Kälte, Lähmung und Versagen, von verlorener Liebe und andrerleuts Tod, gerade wollte die Blonde doch wieder anfangen zu lamentieren, als die Klingel ging. Sie gellte ziemlich rücksichtslos in die Geschichten, sie schrillte viele Male und wollte nicht aufhören.

Es war schon spät am Morgen, und ihr blieb nichts übrig, als zu öffnen; da standen ihre Mütter vor der Tür.

Sie waren zu dritt, aus den verschiedensten Richtungen gekommen, doch wie verabredet auf einen Schlag.

Sie ärgerte sich nicht schlecht, sie war regelrecht außer sich, wie immer, wenn die Verwandtschaft, die sie selbstverständlich aus der Ferne uneingeschränkt, ja *vollkommen* liebte, ihr zu nahe kam. War sie doch nicht ohne Absicht hier in diese Stadt gezogen, die, kaum läßt man sich ein wenig mit ihr ein, sich einem sofort zum Komplizen macht, die antreibt und aufrüttelt, hegt und stützt und – gegen eine Schutzgebühr natürlich – vor jeder Art von Angreifern verbirgt.

Sie hatten ihr also nachspioniert, weiß der Teufel über welche Ämter, Verzeichnisse, Freunde, Kollegen, womöglich den sozialpsychiatrischen Dienst; sie schoben sich langsam, doch unaufhaltsam über die Schwelle, eisern entschlossen, hier nach dem Rechten zu sehn. Was hieß: ihre Rechte geltend zu machen.

Es ist kaum ein Glück, so viele Mütter zu haben. Eher schon ein Verhängnis, dachte sie. Wie oft hatte sie nicht die Studenten beneidet, die, obwohl nur wenig jünger als sie, schon fast alle wieder Eltern hatten, Vater *und* Mutter, oder auch Mutter und Onkel, oder doch wenigstens eine alleinstehende Alltagsmutter und einen lustigen, spendablen Wochenendvater.

Sie und ihresgleichen dagegen, denen eine Kinderzeit lang der Krieg mitgespielt hatte, besaßen fast ausnahmslos *Mutter* und *Mutter*. Denn die Männer der Frauen waren im Feld, und keine schaffte es damals allein, sich durch die rauhen Tage zu schlagen, geschweige denn durch die Nächte. Kaum eine wußte, so ganz auf sich gestellt, den Kindern das Hungern beizubringen oder das Stehlen, war außerstande, auf die rechte Art zu fliehen, sich aus zerbombten Kellern zu schaufeln oder sich Trauerkleider zu nähen.

Auch in den ersten Jahren nach dem Krieg änderte sich an dem Zustand nichts. Die Handvoll heimgekehrter Väter schien für den Frieden nicht mehr tauglich. Sie lungerten herum, ließen sich von ihren sturmerprobten Frauen gängeln, nahmen die frühere Rolle nicht wieder an. Wer also konnte vaterloser sein als sie, ihre ganze Generation, die zwar nicht mehr herumlungern wollte, doch ebenfalls ihre Rolle nicht fand und den Umgang mit Vätern schon gar nicht gewohnt war. Die sich von niemandem etwas sagen ließ.

Die eben nur Mutter und Mutter besaß.

Und sie, zu ihrem Unglück, hatte deren drei: eine infolge Blutsverwandtschaft rechtmäßige, eine zweite, beinahe legitime, die ihnen in den Kriegswirren zugelaufen und dann für immer geblieben war, und außerdem noch eine zur Linken, eine sozusagen morganatische.

Diese dritte hatte sie sich selbst gesucht, und sie war ihr die liebste. Es muß wohl schlecht um mich stehen, dachte sie, als sie sie sah, denn für gewöhnlich hielt sie sich bescheiden im Hintergrund; nie war sie uneingeladen gekommen.

Was für ein Dreck! rief, als sie die Wohnung betrat, ihre erste Mutter, ein Schweinestall ist nichts dagegen!

Und sie begann augenblicklich, das in der Küche aufgestapelte Geschirr abzuwaschen, mit vorwurfsvollem Geklirr und Geklapper, denn sie war es ohne Spülmaschine nicht mehr gewohnt.

Sie rückte Möbel und Teppiche, sie hob und schob und räumte Papier aus den Ecken; sie arbeitete wie eine Wahnsinnige oder aber Verzweifelte – was Wunder, bei einer derart mißglückten Tochter –, und sie, die tatenlos dabeistand, ergriff das alte Versagensgefühl, diese plötzliche Taubheit in allen Gliedern, so wie sie nur Kinder angesichts gewisser unerfüllbarer Forderungen zu überkommen pflegt.

Dabei wußte sie, daß sie der Mutter dankbar sein sollte. Wie sie es früher schon hätte sein sollen, für alle Rettungsversuche während des Kriegs, als sie ebenso geschafft und zugepackt hatte, als sie alles gefingert und gedeichselt hatte, um sie – die Kinder, die Mütter – durch die verworrenen Zeiten zu bringen.

Wie sie sie insbesondere gerettet hatte, als Uniformierte nachts an die Haustüre schlugen, um nach der Nachbarin zu fragen, die sich zusammen mit ihrer Tochter nebenan auf dem Hängeboden versteckt hielt. Hoch oben hinter Koffern und Gerümpel. Die sie beim ersten Nachschaun nicht gefunden hatten. Die sie dann erst beim nächsten Mal, nach einer langen und ergebnislosen Fragerei ... nach einem stummen Fingerzeig der Mutter fanden.

Die Mutter hatte sie, die dabeistand und schreien wollte, geschüttelt und an den Haaren gerissen. Sie hatte das Kind geschlagen, bis es den Mund hielt und still war; so hatte sie, die erste Mutter, sie alle miteinander gerettet, nicht durch *Verrat* – den Böswillige ihr später unterstellen wollten –, nein, allein durch diplomatisches Geschick, durch *Vernebelungstaktik*, wie sie es nannte.

Unmöglich, solches überhaupt zu denken: Nie kann doch eine Mutter Verräterin sein!

Sie hatte der ersten Mutter damals geglaubt und auch später noch lange. Sie wollte ihr auch jetzt und immer glauben, als sie sie wieder schütteln und in Verzweiflung an den Haaren reißen wollte. Nur war seit ihrer Krankheit manchmal das Gespräch gestört, war da vieles nicht mehr so einfach zu sagen, kam ihr so leicht nichts mehr über die Lippen, Geheimnisse, die sie näher angingen; das Nachbarskind war ihre Freundin gewesen.

Ab morgen, sagte ihre erste Mutter, fängt hier ein neues

Leben an! Vor allem wird endlich ein Plan gemacht. Kein Mensch kommt durchs Leben ohne Plan!

Und sie schrieb, was zu besorgen war und zu erledigen, nicht etwa auf einen alten Briefumschlag oder die gestrige Zeitung, sie zog auf einem weißen Bogen Linien; in die entstandenen Felder trug sie Zahlen ein, Termine, die das Leben regeln sollten: Uhrzeiten für das Essen, die Tabletten, das Spazierengehen; für Besuche bei Ärzten und Vorgesetzten – ihrem Professor beispielsweise –, nichts war vergessen oder ausgelassen, was der einst mit so viel Hoffnung angefangenen Karriere dienlich war, der *Lebensaufgabe*, sagte die Mutter.

Das kriegen wir in den Griff, sagte sie, als sie den Plan an den Spiegel steckte; dabei sah sie sie so fest, mit einem solchen eisernen Vertrauen an, daß ihr ganz angst und bange wurde. Und dann, auf dem Bahnhof noch einmal: Das kriegen wir schon, doch zu ihrem Erstaunen nahm sie etwas, das wie eine Träne aussah, im Auge der leiblichen Mutter wahr, und auch ihr war beinahe zum Weinen zumute, wenn sie in dem Zustand, in dem sie sich befand, noch hätte weinen können.

Ihre zweite Mutter war anderer Art.

Laß sie reden, flüsterte sie ihr, wenn die erste dozierte, heimlich ins Ohr.

Sie zwinkerte mit dem linken Auge. Mach gute Miene zum bösen Spiel, sagte sie, wie du es doch immer perfekt gekonnt hast. Es gibt andere Arzneien heutzutage. Ich weiß einen Platz, wo jeder gesund wird: kleine Bucht am Atlantik; das Wasser kühlt dir früh die heißen Träume ab, die Mittagssonne brennt dir die Flausen aus dem Hirn. Die Abende sind unbeschreiblich.

Du hast zwei Möglichkeiten, sagte sie, klopfte sich eine Zigarette aus der Packung und zündete sie an der vorherigen an; du kannst *ihr* glauben oder *mir*. Kannst hier über deinen Büchern versauern oder ... da draußen dem Weltgeist begegnen. Kannst zwischen deinen geblümten Tapeten eingehn ... oder gesund werden; entweder – oder, du hast die Wahl.

Ob du rechts hinaufgehst oder links hinunter ... murmelte sie.

Was sagst du? fragte ihre zweite Mutter. Ach übrigens, fügte sie hinzu, die jungen Netzeflicker am Strand dort unten sehen alle wie kleine Einsteins aus. Sie hatte sie schon als Kind immer zum Lachen bringen können.

Wir werden hinfahren, bald, sowie ich das Geld zusammen habe; du wirst schon sehn!

Ihre dritte Mutter, die ein paar Stunden länger als die anderen geblieben war, sagte nicht viel. Sie sah sie nur an. Sie streckte die Hand aus und wartete. Da gab sie ihr die Reiseprospekte, sie riß den Terminplan vom Spiegel, sie überantwortete ihr alle die teuren Tabletten, die diese beste aller Mütter sogleich im Mülleimer verschwinden ließ.

Du weißt doch, was die alten Ärzte sagen: daß man Fieber nicht unterdrücken soll. Auch wenn es Hunderte von neuen Mitteln gibt, du wirst durch nichts als dich allein gesund.

Du glaubst, die Krankheit ginge vorüber?

Wer redet von Krankheit, fragte die dritte Mutter. Wo es doch nur ein Fieber ist!

Woher nimmst du die Sicherheit? wollte sie wissen.

Aus der Erfahrung, sagte die Mutter.

Habe ich mir nicht zeit meines Lebens anhören müssen, daß niemand imstande ist, aus der Erfahrung anderer zu lernen?

Da frage ich nur, aus *welcher* Erfahrung und von *welchen* anderen? Ein ziemlich dummer Spruch übrigens, ein nur *scheinbar* vernünftiger, sagte die dritte Mutter zum Abschied, ein regelrecht Menschen verdummender und daher ein gefährlicher.

Du lernst ... irgend etwas lernst du immer, aus *jeder* Erfahrung, sogar aus der, die du nur erzählt bekommst, aus jedem: *Es war einmal ...*, oder: *An einem schönen Sommertag des Jahres soundsoviel ...*, aus jedem: *Hör mir zu und paß auf ...*

So dumm, so dumm, sagte sie kopfschüttelnd, und als sie sich aufrichtete und aus dem Zimmer ging, erinnerte sie sie an jemanden, dessen Name ihr wieder entfallen war, den sie aber doch kürzlich noch getroffen hatte.

Dann plötzlich wußte sie es. Sie gleicht ein wenig dem stolzen Noli me tangere mit seiner *Liebesgeschichte*, dachte sie, und einen winzigen Augenblick lang haßte sie sie für ihre Strenge und Unbeirrbarkeit.

Doch gleich danach, während sie sich auf dem Bahnsteig umarmten, war sie drauf und dran, sie festzuhalten, um sie niemals wieder loszulassen.

9
Ins Gesunde zurück

So sehr die drei sie vorher gestört hatten, so sehr fehlten sie ihr schon auf dem Nachhauseweg. Sie kam in ihre geordnete Wohnung, alles war kühl und sauber und hell. Die Messingklinken und die Fensterscheiben waren frisch geputzt, und es war wieder Frühling. Der Rotdorn blühte im Hof. Sie hatte plötzlich Lust zu reisen.

Ich werde gesund, dachte sie.

Sie holte ihren alten Atlas von vor dem Krieg heraus, auf dem die Städte noch weit auseinander lagen und die Länder groß und grün und vielversprechend sich gleichsam *darboten*, mit tiefblauen Flüssen zum Darinschwimmen, mit schönen, in verschiedenem Braun schraffierten Gebirgen, deren helle Gipfel sie sogleich erklimmen wollte.

Es war nun beinahe still in der Wohnung; sie nahm, *wenn* sie noch sprechen hörte, es nur entfernt, als sanftes Gemurmel wahr, das sich mit dem Straßenlärm draußen mischte. Wie ein sanft verklingender Schmerz, dachte sie und überlegte eben, wie weit der Mensch sogar an seinen Schmerzen hängen mochte, als sie dann doch noch eine Stimme vernahm, eine tiefe, beinahe singende; die klang so geheimnisvoll, als käme sie aus einem dunklen Land, aus großer Ferne, und fast war sie sicher, daß von nun an jede, die noch zu ihr dringen sollte, leise und angenehm sein würde, oder ... daß es überhaupt die letzte wäre.

Gehen Sie unter die Leute, hörte sie deutlich und wußte gleichzeitig, daß sie es irgendwo gelesen hatte; sie erinnerte auch das Gesicht des Mannes, der es gesagt hatte, dieses tatarische Gesicht, das wie aus Holz geschnitten schien, doch weich gerundet an den Kanten. Und so, wie ihr das Bild jetzt wieder ins Gedächtnis rückte, so kamen ihr die Worte im Zusammenhang zurück und das Gesicht seines Schülers auch, mit dem er sich eben unterhielt.

Mach, daß du ins Leben kommst, endlich, sagte das Baumgesicht zu einem kleinen Mann, fast noch einem Jungen, der eine Zobelmütze trug, doch sei gewiß, es wird Nägel dort geben, kleine und große, so groß wie mein Finger, Blut wird reichlich fließen dabei, aber wenn du es wagst ...

Ich ... ich will es wagen! rief der Kleine und riß die Augen hinter seiner Nickelbrille auf, ich gehe und werde alles bezahlen, jeden Sonnenaufgang, jede Liebesnacht, auf Kopeke und Rubel. Und er begann auf der Stelle, sich Lappen um die Füße zu wickeln, zog Stiefel und eine Feldbluse an, setzte den viel zu schweren Tornister auf und machte sich zum Ausmarsch fertig.

Mit seinem sorgsam gescheitelten Haar, dem runden, ernsthaften Mondgesicht und der trotzig vorgewölbten Unterlippe sah er wie ein Musterschüler aus, gleichzeitig traurig wie ein verarmter Prinz, ja, ein Thronfolger, mußte sie denken, ein viel zu junger, und sie nannte ihn von nun an so. Sie sah ihm nach, wie er in den Krieg zog.

Sie holte sich, nach langer Zeit endlich wieder, das Buch aus dem Schrank, denn sie erinnerte sich, daß er später, auf den Rat des Baumgesichts hin, sein ganzes kurzes Leben aufgeschrieben hatte. Und während sie es – nun wohl zum hundertsten Mal – gewissenhaft las, gelang ihr wieder, was kaum einem Erwachsenen noch gelingt. Sie war imstande, ohne weiteres zurückzuspringen in das verloren geglaubte Reich der Kindheit, über das Gestrüpp aus Ängsten, Vor- und Rücksichten hinweg, hinter dem einem alles – Menschen, Tiere und Landschaften, das Glück wie das Unglück – noch ganz und unverstellt entgegentritt;

und so las sie die Geschichten, diese ebenfalls von einem unerwachsenen Geist verfaßten, nicht anders als früher: begeistert, verzweifelt, fieberhaft, mit einem gleichfalls unversehrten Blick ...

Was würde ihm, dem traurigen Thronfolger, blühen? Eine Blut- und Seelenkrankheit wie dem Zarewitsch? Ein frühes Ende wie Konradin? Zu ihrem Erstaunen lachte er viel, als ob er leicht an den Gewichten trüge.

Um dieses Lachens willen lief sie ihm, der schneller als die Soldaten marschierte, nach, so wie man Spaßmachern und Akrobaten nachläuft, ja, sie konnte wieder, da sie doch gesund war, laufen, wie rasend durch die Geschichten, ihm hinterher, und da sie sich beide mühten, das Tempo zu halten, überholten sie Brigaden, den Armeestab, ganze Regimenter und ließen schließlich, da sie beständiger marschierten, selbst galoppierende Schwadronen hinter sich.

Sie lief ihm Wochen und Monate nach, ihr schienen es Jahre. Die Zeit war außer Kraft gesetzt. Herrliche, grausige Landschaften gingen ihr auf: ein Birkenwäldchen an einem Ostertag; die Steppe im Sommer mit blühendem Gras, die Steppe mit schwarzen Kreuzen im Schnee, der zerklüftete Ural; verstreut an den Wegrändern windschiefe Katen, die sich erst im Dämmern, langsam, eine nach der anderen, wie verschämt erleuchteten.

Aber der Junge marschierte immer furchtlos in den Abend. In kleine Städte schlichen sie sich bei Dunkelheit ein und verließen sie erst, wenn sie alles von ihnen kannten, ihre Verlockungen und Angebote, die geschenkten wie die käuflichen auch, oder doch wenigstens *glaubten*, daß sie sie kannten.

Sie wohnten lange in einer verräucherten Küche, querdurch war die Wäscheleine gespannt: Tabak, Fußlappen,

Frauenhosen mit Spitzenbesatz; im gußeisernen Kessel kochte das Gulasch stundenlang; sie tranken Schnaps aus einer emaillierten Kanne.

Wohin schon wieder? rief sie ihm manchmal nach, wenn er plötzlich im Marschieren anhielt und die Richtung wechselte.

Nach Woronesch! rief er. Nach Kiew! Odessa! Ans Schwarze Meer!

Aber da bin ich gewesen, längst! Ich kenne ja deine Glasveranden, die alten Jüdinnen mit ihren Spitzenhäubchen hinter bunten Scheiben. Die Tataren in den gestreiften Gewändern. Alles, mein Kleiner, längst erfahren, gesehen: den Wasserzuber im Hof, die sechsundsechzig Bände des Talmud, die lackierten Equipagen auf dem Weg zum Freudenhaus.

Bist du sicher, daß du sie sahst? Mit eigenen Augen? Aber ja doch, sagte sie, auf Ehrenwort! Bin ich denn nicht, seit ich über die Bücherberge gesprungen bin, in unzähligen Ländern gewesen, in Städten, Wüsten und Gebirgen? Bin ich nicht sogar auf einem Walfangschiff gefahren? Im Senegal auf einem Kamel geritten? Um die Mergui-Inseln geschwommen?

Sie hob die Hand und wollte es beschwören . . .

Sie hob die Hand – und fuhr aus einem Alptraum hoch: Da hatte sie nicht aufgepaßt, da war sie dabei – nur einen Fußbreit weit – über die Grenze zu geraten, zurück in die Zeit und in die Zwangsjacke ihres Verstands, der auf der Stelle wieder die Arbeit aufnahm, mechanisch, ohne eine Atempause zuzulassen, dann schneller und immer schneller pochend, wie ein eingezwängtes, ein überanstrengtes Herz.

Und eine so nie gespürte Trauer überkam sie.

Ein unendliches Bedauern plötzlich, daß alles zuvor –

das so deutlich Gehörte, so lebendig mit den Gästen Erlebte, ja, jeder so empfindlich wahrgenommene Schmerz – nur etwas *Ausgedachtes*, Beschriebenes gewesen sein sollte, Phantasterei, Fiktion – daß es nicht *wirklich* gewesen war.

Ihr war zumute wie jemandem, der sein Haus, an dem er Jahrzehnte gebaut hat, durch einen einzigen Blitzschlag zerstört sieht.

Gleich darauf jedoch versuchte sie – wie bei Geschädigten üblich – es zu verreden, sich über den Verlust zu trösten.

Wenn es überhaupt ein Verlust ist!

Könnte es denn nicht sein, sagte sie, daß *gerade dieses* das Wirkliche ist, realer als alles in der sogenannten Wirklichkeit Erfahrene? Brennt denn Erinnerung an nur Gedachtes, Vorgestelltes weniger als die an leibhaftig Erfahrenes?

War es ihr denn nicht oft eher umgekehrt vorgekommen? Und hatte sie nicht stets diesen Leuten mißtraut, die das Erfundene für nichts ansahen, als einen minderwertigen Ersatz für das gelebte Leben?

Hatte sie nicht ihr eigenes Leben zur Hälfte mindestens gelesen? Zuerst gelesen und *dann* ausgedacht. Und war ihr diese – die *erfundene* Hälfte – etwa weniger inhaltsreich erschienen? Hatte sie nicht sogar die langweilige wirkliche beeinflußt?

Sie dachte an das Noli me tangere und seine winzigen Bücher, in denen riesenhafte Geschichten hausten. An den Wanderer dachte sie, wie er immerfort auf Gedankenjagd unterwegs sein mußte, und dachte auch an den Guerillero, an sie alle, die im Leben keinen Frieden fanden, ruhlos dem eigenen Traum auf den Fersen, ihm hinterherhetzend oder sich in ihn hinein zu Tode stürzend.

Zum Glück stellte sich schließlich doch heraus, daß ihr wiedererwachter Verstand, auf den sie sich nun doch etwas zugute hielt, im Übereifer sich verrannt und sie nun seinerseits betrogen hatte.

Den Beweis dafür fand sie auf ihrer Küchentafel: Da nämlich, wo für gewöhnlich nur *Salz* oder *Brot* oder *Schreibpapier* geschrieben stand, standen jetzt in kyrillischer Schrift die Worte: *Unter die Leute! Ins Leben!* Standen da sehr groß, sehr eindeutig, weiß auf schwarz.

Sie atmete auf; am liebsten hätte sie – wäre ihr nur eins geläufig gewesen – ein Dankgebet ausgestoßen.

Also hatte wenigstens einer in ihnen, dachte sie – und sah diesen doch wieder als *guten* Gott an – *ihr* die Treue gehalten. Einer zumindest ihr eine Spur hinterlassen. Eine Kreidespur, jetzt auch an ihrem Finger.

Sie nahm sich vor, sie niemals zu löschen.

Glücklich in der Zuversicht, nicht für immer allein, ohne Rat zu sein, suchte sie ihre Tasche heraus, das schäbige Ding aus der Studienzeit, das mit den Jahren rissig geworden war. Zu ihrem Erstaunen befand sich noch alles, was sie brauchte, darin, für einige Tage wenigstens. Das Seltsame war, daß sie auch Geld im Portemonnaie entdeckte, aus der Zeit vor der *Nicht-Zeit*, und daß es – jetzt, im Jahr Sechsundsechzig – noch immer im Umlauf war.

10
Unter den Leuten

Es wurde ein warmer Tag. Sie wusch ihr Haar, zog ihr ausgeblichenes Sommerkleid an und verließ die Wohnung, nicht ohne ihre Türe sorgfältig, wie für länger, abzuschließen.

Ins Leben, ins Leben!

Sie brauchte ein anderes, neues Kleid. Alles sollte neu sein von jetzt an und an nichts Früheres erinnern.

Draußen sah sie den Bus, der abfahren wollte, und hetzte hinterher, als dürfte sie keine Sekunde verpassen.

Sie ging nicht in das große Kaufhaus mit dem internationalen Angebot, auch nicht in eins der besseren Geschäfte, die eben noch für sie in Frage kamen, sie suchte das teuerste und schönste, vor dessen Schaufenster sie früher oft gestanden hatte, in Bewunderung der zarten Gebilde, die ihr im Vergleich zum Angebot der übrigen wie Mohnblumen unter Balkonpflanzen vorkamen.

Eine Zeitlang wanderte sie in den durch eine Wendeltreppe verbundenen Geschossen wie in einem verzauberten Garten umher. Alles hier schien, dem Alltag enthoben, wie für ein Fest dekoriert, mit blitzenden, gläsernen Ornamenten, schimmernden Seiden, zartfarbigen Gewändern über Sessellehnen, jedes Ding nur zur Vervollkommnung eines zuvor entworfenen Bildes erdacht.

Die Inhaberin selbst, wie sie nach einer Weile lautlos neben ihr auftauchte, einen kleinen weißen Hund wie ein geliebtes Kind im Arm, erschien ihr in diesem gesteigerten Zustand nicht für die Arbeit, sondern für ein Fest gekleidet. Als sie durch den Raum ging, nein, eher glitt, in einer halbbewußten Wellenbewegung, erinnerte sie sie an die

Blonde in ihrer größten Zeit. Sie trug ein blaues Kleid aus matter Seide; dem unauffälligen Schild an der Tür entnahm sie, daß sie Ada hieß.

Ein Licht, eine Farbe, ein Stoff, ein Kleid ... sekundenlang kam es ihr vor, als würde sie aus der Tiefe eines unbewegten Sees plötzlich an die Oberfläche getragen, um die Erfahrung einer bis dahin unbekannten Empfindung reicher, einer nie zuvor erlebten Harmonie.

Unter den zumeist verhangenen Himmeln ihrer kriegerischen Kinderzeit hatte sie sich abgewöhnt, an ein irgendwie geartetes Glück zu glauben. Allenfalls an eins, dem der Schrecken auf dem Fuße folgte.

An diesem Tag endlich schien es, als hätte sich die Reihenfolge umgekehrt. Als träte Glück gerechterweise jetzt als Nachfolger der Schrecken auf, ja, als wäre es ihr den Auftritt schuldig und müßte nun für immer dauern.

Vorsichtig strich sie über den Stoff eines wie zufällig auf einem Sessel abgelegten Gewands. War es das, das sie brauchte?

Hier gab es keine Kleider für *jeden Tag*. Es waren solche, die auf den ersten Blick einfach erschienen, auf den zweiten von bewundernswertem Schnitt, die jedoch erst, wenn man sie am Leibe trug, etwas von ihrem Geheimnis preisgaben.

Alle waren sie aus einem Material, das, ungestützt von synthetischen Fasern, sich ungewohnt leicht und weich anfühlte. Es wird nicht lange halten, dachte sie.

Vielen Dank, sagte sie, ich kann nichts davon brauchen. Nicht für die Arbeit, die mich erwartet.

Die Inhaberin lachte. Sie wollen das Kleid Ihrem Leben anpassen. Warum eigentlich nicht umgekehrt? Warum nicht das Leben dem Kleid anpassen? Sie müssen es nicht kaufen, sagte die Frau, die Ada hieß.

Es war schön, es zu sehen, sagte sie im Hinausgehn, und nachdem sie das Geschäft verlassen hatte, lief sie noch lange, in ihrem Kleidertraum befangen, durch die Straßen.

Sie sah an diesem Sonnentag alles ringsum wie beruhigt, die Leute gingen langsamer als sonst, schauten hinauf in die Bäume, ins junge Grün, standen für Augenblicke still, selbst der Verkehr kam ihr leiser als sonst, beinahe bedachtsam, vor.

Es war schon später Nachmittag, als sie sich unerwartet vor Pinocchios Haus fand. Von seinem Balkon im zweiten Stock drangen Stimmen und Lachen zu ihr hinunter; sie merkte, wie ihr Herz schneller zu schlagen begann.

Da sitzen sie zusammen, dachte sie, wie früher, wie stets, als lägen nicht Äonen dazwischen, als wäre nichts unterdessen geschehen.

Also noch immer an den Samstagen feierten sie. Das pflegte irgendwann mittags zu beginnen und oft erst gegen Sonntagmorgen aufzuhören.

Ihr war noch in Erinnerung, daß sich an arbeitsfreien Tagen stets etwas wie Unruhe eingestellt hatte, eine Art nervösen Tatendrangs, dem nur gemeinsam zu begegnen war. Niemand hatte dann allein in seinem Zimmer hocken wollen.

Pinocchios Haustür war, wie immer an den Besuchstagen, nur angelehnt. Angst überfiel sie doch wieder; sie wünschte sich, verkleidet zu sein.

Ein Weilchen drückte sie sich noch im Treppenhaus herum. Wartete auf die Gelegenheit, sich – möglichst mit einem verspäteten Gast – unauffällig in die Gesellschaft einzufädeln. Um endlich wieder dazuzugehören, wieder den alten Platz einzunehmen und sich ganz selbstverständlich in das Muster einzupassen.

Natürlich gab es dann aber doch ein Gewese, ein Hallo und Nanu und Wie-gehts, Wie-stehts? Ein Umarmen, Beglückwünschen, Leichtdrüber-Hingehn.

Auch ihr kam dann bald alles kinderleicht vor. Sie wanderte wie früher durch die Räume, barfuß lief sie auf dem neuen weißen Berberteppich – und da waren keine Nägel zu entdecken, weder große noch kleine, keine Wunden, keine Schmerzen und schon gar kein Blut.

Alle Freunde kamen auf sie zu, die altbekannten, halbbekannten, gutbekannten, und freuten sich, daß sie wieder *Auf Deck* sei. Fragten auch wohl – vorsichtig – nach ihrer Arbeit, ob und wann sie denn wiederkäme.

Übermorgen, sagte sie mit leichtem Kopf und dachte nichts weiter; da erschien auch Pinocchio, der kürzlich Professor geworden war; er küßte sie, als hätten sie sich erst gestern gesehen, und sah ihr wie früher in die Augen.

Er schaute lange und bedeutsam, wie um ein Versprechen einzulösen. Oder doch wenigstens das von damals zu erneuern, das vor Jahren gegebene, das sie mir nichts, dir nichts in den Wind geschlagen hatte.

Warum denn nicht er, fragte sie sich leichthin, Pinocchio, der so locker daherkommt, der mir alles wieder ordnen, den Weg zurück wieder ebnen könnte, der mir das Leben bequem machen würde. Warum nicht ergreifen, was sich bietet?

Ja, alles an diesem Abend schien ohne Gewicht, das Licht, die Luft, der Zigarettenrauch, der aufstieg, der sanfte Marihuana-Duft, die leise wehende Gardine vor dem Fenster.

Sogar die Möbel, sah sie, waren neu und hell und leicht. Wohingegen die alten, geerbten – schwer und dunkel wie Särge – schon von Pinocchio ausrangiert waren. Sie standen wie ein Kriegerdenkmal im Nebenzimmer aufgetürmt.

Ein neues, hohes Regal stand nicht mehr, wie es sich für Regale gehört, klar und deutlich an der Wand, sondern mitten im Raum, man konnte stellenweise hindurchsehn. Kleine Tische kippelten leicht auf drei Beinen; die plastikbezogenen Stühle aus Leichtmetall konnte man im Sommer, sagte Pinocchio, ohne weiteres zum Grillen in den Hof hinuntertragen.

Und ihre Köpfe waren leicht vom Alkohol; sie tanzten. Lange hatte sie nicht mehr so viel getanzt wie in dieser Nacht, pausenlos.

Je mehr sie tranken, desto leichter bewegten sie sich, ohne Gedanken, in vollkommen synchronisierter Bewegung; sie tanzten eng zusammen und weit auseinander, probierten die neuen Figuren aus, die neuesten und die allerneuesten, auch solche, die noch niemand getanzt hatte. Sie wurden mit der Zeit zu Akrobaten. Die Frauen warfen ihre Schuhe fort.

Dazwischen tanzten auch ein paar Studenten. Das heißt, ihr kam es vor, *als ob* sie tanzten. Eher trieben sie durch die Gesellschaft, kleine, fliegende Dschungeltiere, zwischen schwerergewichtigen Wild- und Raubkatzen. Einige jüngere, die sie nicht kannte, waren dabei und ein paar ehemalige. Wer, wo, wie lange und ob überhaupt noch studierte, wußte sie nicht – zu weit hatte sie sich von ihnen entfernt.

Brigitta tauchte hier und da auf, kochte Kaffee, versorgte die Gäste mit Wein, suchte sich unentbehrlich zu machen.

Und Lilja! Ging auf – stolzer denn je – wie ein schönes Gestirn, bevor sie die Gesellschaft schon nach ein paar Minuten, wie ihr schien, verließ, ihren neuesten Freund, einen Versandhändler, als Trabanten hinter sich. Man staunte ihr noch eine Weile hinterher.

Kaum aber hätte sie Aljoscha erkannt. Mit seinen neuerdings langen, ungebändigten Locken, die ihm ins Gesicht und auf die Schultern fielen, wirkte er befreit und unternehmungslustig, das Bild des Säufers – des Dichters – fuhr ihr unwillkürlich durch den Kopf. Hatte er ihn sich zum Vorbild genommen? Zwar schien er noch ebenso sprachlos wie seinerzeit; doch war bald ein beredter Augendialog im Gang, mit dem sie sich verständigten, sich Auskunft gaben über die Gäste, die Qualität des Weins, über die Welt im allgemeinen. Eine intensive Konversation, die sie in stummer Übereinstimmung im Unverbindlichen beließen.

Auch Humphrey kam – wie zufällig – vorbeigeschlendert. Burschen wie Humphrey, dachte sie, können nicht anders als zufällig kommen, jede Absicht würde sie verkleinern.

Er gab ihr eine kleine rosa Kapsel. Sie schluckte sie unbesehen.

Nichts schien sich daraufhin zu verändern, außer, daß sich die Dinge zu ordnen begannen, als gehörten sie zu einem System, das wiederum mit anderen verbunden war: mit dem scheinbar dirigierten Kreisverkehr vor dem Fenster draußen, mit dem Mückenschwarm, der die Lampe umspielte.

Sie lagen dann, von schöner Müdigkeit übermannt, auf einer Decke in Pinocchios Arbeitszimmer. In jedem Raum gab es Decken und Kissen, wie überall, in allen Wohnungen in dieser Zeit. Niemand beachtete sie.

Sie fühlte Humphreys Haar, seine Haut, er tastete nach ihrem Haar, ihrer Haut, sie verlor das Bewußtsein für Zeit und Raum, lag plötzlich wie früher im Gras, auf dem

Strohdiemen wieder; es roch nach Erde und wilder Kamille, nach Exkrementen und Waldmeister, ein nie verlorener Sommergeruch.

Ganz in der Nähe hörten sie Pinocchio reden. Hörten die Worte: *Mäxchen* und *Drüben* und *Unverstand*. Kaum horchten sie im Halbtraum auf.

Also Max war durch die Mauer gebrochen! Ihr Semesterclown ausgerechnet! Sie lachten. War endlich, wenn schon nicht im Gelobten Land, so doch in einem besseren gelandet. Einem Land, das nicht *Hier* war. Schon früher hatte er davon gesprochen und sich in dunklen Andeutungen ergangen.

Ach, Mäxchen, sagte Humphrey, ach ja! Sie haben ihn dort aber festgesetzt. In einem Lager. Er sitzt.

Sie wollten sich totlachen.

Volksverräter, Staatsverräter, Nestbeschmutzer, sangen sie einmal alle zusammen.

Sie aber lagen im Stoppelfeld auf dem Strohdiemen, sie spürten weder Unruhe noch Schmerz. Sie waren die, die ausgebrochen waren, sie diejenigen *im anderen Land*.

Sie wußte nicht, warum es dann zu dem Unglück kam. Sie wußte nicht, wie es kam.

11
Der Rückfall

Es mußten wohl mehrere Kapseln gewesen sein und mehrere Nächte. Mehrere Wochen, mehrere Monate vielleicht. Im nachhinein war nicht mehr dahinterzukommen.

Sie erinnerte sich nur, daß, je öfter sie zusammentrafen, die Abende doch wieder träger wurden, die Luft, das Licht und die Gespräche schwerer.

Es war zwar nicht so, daß sie nicht mehr tanzten, doch nie mehr so leicht, so erfinderisch wie früher; es kam ihr bald eher wie eine Pflicht vor, eine Aufgabe, die zu erfüllen war.

Warum hören wir jetzt immer früher mit dem Tanzen auf? fragte sie.

Zu müde, antwortete einer.

Zu alt, ein anderer.

Damit das Parkett keine Löcher bekommt, sagte Brigitta, von euren Eisenabsätzen.

Sie saßen im Kreis und rauchten und sogen soviel Luft in ihre Lungen ein, daß das *Gras zu blühen begann*. Sie tranken unbändig, als hätten sie – obgleich nun schon im einundzwanzigsten Friedensjahr – etwas nachzuholen. Es ging ihnen nicht schlecht. Sie konnten sich ihre Wünsche zwar nicht alle auf einmal, aber doch einen nach dem anderen erfüllen.

Eines Tages schrieb der Arzt sie gesund.

Da ihre Arbeit, wie sie es mit Pinocchios Hilfe schließlich ausgehandelt hatte, erst zum Wintersemester beginnen sollte, hatte sie Zeit, wie früher durch die Geschäfte zu streichen, sogar das eine oder andere Stück zu kaufen. Sie wollte auch solche Möbel besitzen, alles ringsum sollte leicht und neu sein, unbelastet von Erinnerung. Ihre drei Mütter, die noch einmal gekommen waren, sie bei der *Rückkehr ins Leben* zu unterstützen, hatten ihr vor ihrer Abreise Geld zugeschoben, klammheimlich, jede unabhängig von den beiden anderen.

Obgleich sie die Sachen nicht unbedingt brauchte, meinte sie doch, über den Tag hinaus denken und planen zu müssen. Glücklich, nach Belieben wählen zu können, kaufte sie schnell und wahllos einiges Nützliche und noch mehr Unnützes; für später, sagte sie, und fragte sich gleichzeitig, ob sie die Sachen nicht *gerade deswegen* wollte, eben ihrer Nutzlosigkeit wegen ... Hatten sie als Kinder im Krieg zu wenig gespielt?

Doch auch von ihren alten Möbeln mochte sie sich so schnell nicht trennen; bald wurde es in ihrer Wohnung eng. Wie es auch in Pinocchios Wohnung und bei den Freunden enger wurde.

So kam der Gedanke an das Haus auf. Pinocchio, der sich mit ihr, wie es schien, inzwischen wieder einig war, hatte zuerst davon gesprochen: von einem Haus, in dem endlich genügend Raum wäre, das Platz zum Arbeiten, doch auch zum Feiern böte, ein Haus, in dem sie alle miteinander wohnen könnten.

Natürlich sollte es kein neues Haus sein. Sie malten sich ein großes altes aus, das sie vom Dach bis zum Keller umbauen würden. Eins aus der Zeit der Jahrhundertwende, mit Stuck an den Decken und hohen Fenstern, mit zahllosen Winkeln, Kammern und Nebengelassen. Und jeder hätte seinen festen Platz darin, seinen ihm entsprechenden Raum ... sie richteten es schon in Gedanken ein.

Bei solchen Fantasien blieb es nicht aus, daß sie mit der Zeit in immer größeren Dimensionen dachten, immer geräumiger planten; Pinocchio, der die Suche übernommen hatte, kam fast jeden Tag mit einem neuen, noch überwältigenderen Objekt zurück.

Sie wußte nicht, warum es zu dem Unglück kam. Sie wußte nicht, wie es kam. Es hätte nicht kommen müssen.

Sie hatten wie stets zusammengesessen und über alles mögliche geschwatzt, die neuesten Filme: Belle de jour et cetera, die neuesten Witze: der große Vorsitzende kommt in den Himmel et cetera; auch über Kollegen wurde geredet, wer blieb oder ging, wer wann wohin zu wechseln gedachte, wer vorankam oder übergangen worden war, et cetera, et cetera; sie waren rasch doch wieder auf das Haus gekommen – der Kauf war tatsächlich beschlossene Sache –, das Haus, in dem schon jeder in Gedanken wohnte ... als ihr, weiß der Himmel woher, ein absurder Gedanke durch den Kopf fuhr.

Was, dachte sie oder *mußte* sie denken, was, wenn das Wunschhaus, das lang ersehnte, das so sorgfältig geplante, deine endgültig letzte Wohnung sein sollte? Wenn es dich mit seinen Winkeln und Ecken, seinen Schlössern und Türen blendete, mit seinem Stuck dich verführte und in die Falle lockte? Wenn es dich bis zum Ende des Lebens nicht mehr herausließe?

Sie zeichnete es auf Pinocchios Notizblock: das Haus, jetzt mit vernagelten Türen, vergitterten Fenstern; sie lachte darüber, lachte sehr laut und wollte es gleich den anderen zeigen. Damit sie ebenfalls etwas zum Lachen hätten. Doch da war das Gespräch schon weiter.

Sie erinnerte sich später, daß die Diskussion um Holzarten ging: um Buche, Birke, Teak oder Rüster; Pinocchio sprach von einem Ahornschrank, den er bei einem Freund gesehen hatte; er fragte sie, mit der er nun doch wieder fest verbunden, schon fast auf eine Art verlobt war, was sie davon hielte ...

Weißer Ahorn, wie gefiele dir das?

Oh, und *wie* es mir gefiele, wollte sie sagen, wollte sie ausrufen, mit Begeisterung zustimmen, ja, zustimmen wollte sie auf jeden Fall; doch dann, aber dann, sie wußte später niemals, warum, sprang ihr alles auf einmal durcheinander, das Haus, die Verlobung, der Stuck, die Türen; sie hatte vergessen, worum es ging; nur daß sie zustimmen wollte, wußte sie ...

Doch weil ihr dazu die Worte fehlten, begann sie zu nikken, sie nickte und nickte wie wild mit dem Kopf, wie eine Wahnsinnige nickte sie, alle starrten sie an, Brigitta hielt sich den Mund zu vor Schreck, Aljoscha verbiß sich das Lachen – auch ein paar Geister grinsten höhnisch aus den Ecken –, da endlich brachte sie etwas heraus, das aber keine Sprache mehr war, das vielleicht nur ein Schrei war, den sie seit Ewigkeiten schon hatte ausstoßen wollen, das nur ein gurgelnder Laut war, etwas wie ein unartikuliertes Heulen, wie eine Tierklage in der Nacht, von der man nicht weiß, ob sie von einem Hund stammt oder einer Katze oder einem in die Stadt verirrten Wild.

Während der Stille, die folgte, war alles für Augenblicke angehalten. Etwas hielt *sie* an.

Doch dann, bevor die anderen sich zu fassen wußten, gelang es ihr, die Schuhe anzuziehn und hinauszustürzen. Sie bemerkte gerade noch, wie der Dekan Pinocchio beiseite nahm und ihm empfahl, sie zurückzuhalten. Wie ihr Freund und Beinaheverlobter jedoch den Kopf schüttelte, Brigitta beiseite schob und sich, gezwungen lächelnd, an der Kaffeemaschine zu schaffen machte. Er gab sich gelassen, als wollte er zeigen, daß ihm so ein Zustand nicht unbekannt vorkam, und daß es keineswegs seine Sache sei, hier einzugreifen.

Sie hatte ihn, der sie doch geschützt und gestützt, ihr

uneigennützig geholfen hatte, blamiert. Pinocchio verriet sie in dieser Sekunde.

Sie hörte dann in den nachtstillen Straßen auch keine Schritte hinter sich, sie wußte, daß ihr niemand folgen würde.

Auch später zu Haus, als sie am geöffneten Fenster horchte, blieb unten auf der Straße alles still.

Da ging sie und suchte die Möbel zusammen, die kleinen, tanzenden, dreibeinigen Tischchen und die lustigen, wackligen Wanderstühlchen, die tütenförmigen Kunststoffschirmchen, die auf ihre alte Lampe nicht paßten ...

Sie packte alles übereinander, eins auf das andere zu einem Berg; sie beschwerte ihn mit Büchern, um ihm Halt zu geben, mit Bergen von Büchern, den liebsten, meistgelesenen vor allem, bis es wie ein Scheiterhaufen aussah. Sie goß ein wenig Möbelpolitur darüber – so brauchte sie nur ein einziges Streichholz, und schon begann es leise zu knistern, an mehreren Ecken gleichzeitig, geheimnisvoll und vielversprechend.

Ihr sollt zuerst brennen, sagte sie und stieß ein paar Paperbacks in die Flammen, denn sie brannten am besten, und mit euch alle Ratschläge der Welt, alle Abbilder, Sinnbilder, Vor- und Nachbilder ... denn sie dachte, in dem Zustand, in dem sie sich befand, auf dem neuen Höhepunkt der Krankheit, die, schlimmer denn je, wieder aufgeflammt war, daß nur allein die Bücher es gewesen waren, beziehungsweise ihre Urheber, die sie zu dem Ausbruch verleitet hatten, daß die verfluchten Bilder-, Lieder- und Geschichtenmacher die Schuld an dem Desaster trügen.

Verdammtes Baumgesicht, rief sie, daß du mich wieder ins Leben hinausjagtest, doch in eins mit Scherben unter den Füßen ...

Verkehrte Götter ihr, Götzengeschmeiß, die ihr mich krank, und – schlimmer noch! – wieder gesund machen wolltet!

Sie rief sie einen nach dem anderen auf, geriet wieder in Zorn, rechnete jedem einzelnen seine Sünden nach, warf ihnen vor, was ihr zuwider war: ihre Besserwisserei, ihre Vieldeutigkeit, die scheinheilige Tugend insbesondere, ihren unbeirrbar behaupteten Freiheitswahn.

Viel später erst, als sie ruhiger war, stieg eine Ahnung in ihr auf, daß die, die sie jagten – oder denen sie hinterherjagte? –, so leichtfertig nicht einzuordnen sind. Daß die Wege ihrer selbstgewählten Götter verschlungener, ihre Absichten unerforschlich waren; wie überhaupt Ahnungen sich häufig nicht mit dem Wissen gemein machen; sie begriff – fast zu spät –, daß sie sie auf verschwiegenere Art bestimmten.

Bald geriet alles im Raum in Bewegung, formierte sich zu einem tänzerischen Kreis, der zusehends heller und heißer wurde. Bevor alles tanzt, dachte sie, bevor es mich umbringt, muß ich aus dem Haus sein. Sie griff die niemals ausgepackte Reisetasche, suchte das Geld ihrer Mütter zusammen und lief hinaus, denn sie wollte nicht am Rauch ersticken. Sie verließ die Wohnung über die Hintertreppe.

12
Die Krisis

Die Tage, die folgten, waren, einer wie der andere, ununterscheidbar, die Nächte ohne Schlaf, ohne Wärme, sie wanderte ziellos durch die Stadt.

Ein Hotelzimmer konnte sie sich nicht leisten. In den Pensionen, bei denen sie um Quartier nachfragte, wies man sie ab. Argwöhnisch musterten die Wirtinnen das ärmliche Gepäck. Ihre Blicke bedeuteten ihr, daß man sich nicht als Stundenhotel verstand.

Was den Mittellosen oder Versehrten, allen Entwurzelten, die es ja noch immer – oder schon wieder? – gab, blieb, war die Bahnhofshalle, die zu der Zeit eher einem Bunker glich. Zwar herrschte noch Sommerwetter, doch schien es – durch einen immerwährenden Zugwind – drinnen kälter als draußen; das war der Grund, warum alle, die dort nächtigten, fortwährend ihre Plätze wechselten, in der Hoffnung, eine windstille Ecke zu erwischen.

Eine sich täglich, nächtlich neu formierende Gesellschaft nahm sie auf oder duldete sie zumindest; das ging einige Wochen lang, so lange, bis die Herbststürme einsetzten, bis sie mit ihrem Geld am Ende war.

Der Herbst, der Sturm, das Vagabundieren wurden später in ihrer Erinnerung eins. Furcht und Kälte, die sie dabei schmerzhaft wahrnahm, vergaß sie, kaum daß sie abgeklungen waren; im Gedächtnis blieb allein das Abenteuer.

So hatte sie den Blatternarbigen vergessen, der sie eines Tages von der Straße auflas, sie in seine Absteige mitnahm und sie am nächsten Morgen zusammenschlug. Die diversen Wirtinnen vergaß sie, auch die, die sie des Nachts, ihrer

Mietschulden wegen, mit Hilfe ihrer scharfen Hunde aus dem Hause jagte.

Sie war unterwegs um des Unterwegsseins willen; das war eine kalte Freiheit, ein Rausch.

Gleichzeitig wußte sie aber auch, daß alles auf eine Krisis zutrieb, auf *die* Krisis überhaupt, wußte so klar wie nie, wohin es führen konnte: entweder in gänzliches Versinken und Verdämmern oder in eine neue Gesundheit, eine endlich beständige und dauerhafte. Sie hoffte auf das Unwahrscheinliche.

Es mußte zu der Zeit gewesen sein, als der Regen einsetzte. Sie hatte sich einen langen schönen Oktober hindurch an den Stränden der Seen herumgetrieben, des Nachts in verwilderten Parks kampiert, schließlich in einer kleinen Senke auf einem stillgelegten Rieselfeld.

Der Tag vorher war schlimm gewesen. Sie hatte Holunderbeeren vom Strauch gegessen und ihr war elend davon geworden. Sowie sie sich aufrichtete, wurde ihr schwindlig; sie hatte alles wieder ausgebrochen und konnte weder gehen noch stehen.

In dieser Nacht lag der Bruder, ihr ältester, im Krieg verschollener, neben ihr. Obgleich sie ihn in ihrem Kinderleben wenig wahrgenommen hatte, war er ihr doch im Laufe der Erinnerung erkennbarer geworden, ja, sogar bemerkenswerter.

Hier, auf der Höhe – oder am Grund? – ihrer Krankheit angekommen, dem äußersten Rand, begriff sie zum ersten Mal, daß die Toten ihrer frühen Jahre beinahe täglich, stündlich bei ihr waren.

Vater, Bruder, Onkel, Vettern, dachte sie, die einstmals lachenden und trinkenden Gestalten kommen erst, wenn wir sie verloren haben, in voller Größe und in allen Charakterfarben schillernd heraus, am farbigsten jedoch die im Nirgendwo Verschollenen, die als vermißt Gemeldeten, deren letzte Lebenstage man sich simulieren muß. Die daher nicht nur *ein* Schicksal aufweisen, sondern unzählige.

Sie dachte: Sind etwa auch meine Götter Vermißte?

Wie schön du bist, Brüderchen, sagte sie, viel sanfter als daheim im Kinderzimmer.

Sie wollte ihn streicheln, doch war sie auf einmal nicht mehr sicher: War es wirklich der Bruder oder schon wieder der kleine Thronfolger?

Der Junge lag verdreckt und abgerissen auf der bloßen Erde. Ein großer, hagerer Mann – der Vater? der Arzt? – saß neben ihm.

Tatsächlich saßen, als sie näher hinsah, *zwei* Männer dort und musterten ihn. Sie erkannte in dem Hageren sogleich das Baumgesicht, doch auch der Alte mit dem Spitzbart und den Krücken kam ihr bekannt vor, als wäre auch sie schon bei ihm in Behandlung gewesen oder hätte ihn zumindest einmal um Rat gefragt.

Helfen Sie, flüsterte der Verwundete, halt's nicht mehr aus!

Doch keiner von beiden bewegte sich. Keiner dachte daran, ihn zu untersuchen oder von der regennassen Erde aufzunehmen.

Es ist ja nichts, sagte der Spitzbart schließlich, nichts Lebensbedrohendes jedenfalls. Wir werden die kleine Störung besprechen. Sprich, mein Junge, und du wirst es los sein.

Sprechen, rief der Verletzte höhnisch, ich habe genug gesprochen! Es hilft ja nichts! Abrupt wandte er sich von dem Alten ab und dem Hageren zu.

Geben Sie mir den Gnadenschuß, bat er. Der Spitzbart hinkte beleidigt davon.

Doch auch das Baumgesicht rührte sich nicht.

Ich habe verraten, sagte der Kleine verzweifelt.

Sie hörte nur das Wort: *verraten*, und hundert längst vergessene Erinnerungen stoben wie Funken durch ihren Kopf.

Erinnerungen. Alte Geschichten.

Es war nicht nur die des Thronfolgers, in welcher er vom jüngsten Reitersoldaten zum größten Dichter Rußlands aufgestiegen und dann für immer verschwunden war, es waren die Geschichten aller namenlos Vermißten, die, auf ewig ohne Ende, sich im Ungewissen verloren hatten.

Und so war es auch die des Bruders. Doch welche, überlegte sie, von allen?

War es die, die die erste Mutter zu erzählen pflegte, nach der er, vorwärtsstürmend, in einem Birkenwäldchen bei Sawod den Heldentod gestorben war?

Oder hatte man ihn, was aber niemand bestätigen wollte, während der Rückzugskämpfe liegengelassen, allein, auf freiem Feld, im Schnee verblutend?

War die Geschichte der dritten Mutter die wahre, das kaum glaubliche Gerücht, von einem Heimkehrer berichtet, nach welchem dieses Kind den Krieg nicht ausgehalten, bei Kaluga versucht hatte überzulaufen und wegen Vaterlandsverrat erschossen worden war?

Verrat! Verrat! Als hätte das Wort – jahrzehntelang in einer Hirnwindung verkapselt – auf diesen Augenblick gelauert, fiel ihr ein, daß es dann all die Jahre in ihrer Frauenfamilie zu Haus niemals wieder erwähnt worden war, daß selbst die dritte Mutter später das Gerücht verschwiegen hatte, und das ganze Ausmaß ihrer mörderischen, doch verschlossenen Kinderzeit kam ihr erst hier in ihrem regennassen Erdloch zu Bewußtsein.

Wen oder was hatte der kleine Thronfolger verraten? Kam Verrat nur in Ausnahmezeiten vor, oder war er so alltäglich wie das Schwindeln, eine Unterschlagung, wie ein unauffälliger Betrug? Gab es, den jeweiligen Verhältnissen entsprechend, den großen Verrat, der den Verratenen das Leben kosten konnte, das des Verratenden dagegen retten – oder umgekehrt –, und daneben den kleinen, zuweilen nur in einem Wort, in einem Seitenblick erkennbaren? War Verrat in Zeiten der Barbarei wenn schon nicht entschuldbar, so doch möglicherweise verständlich?

Rasch wollte sie über den Gedanken hinweg, über jeden Gedanken von nun an, jede Geistesanstrengung überhaupt, wollte versteinern, sterben, zu Ende gehen, als sie die dritte Mutter sprechen hörte. Sie sah sie nicht, vernahm sie aber um so deutlicher.

Es hilft nichts, sagte die dritte Mutter, jetzt mußt du hindurch, durch jede Geschichte, ob gut oder schlecht, ob gelebt, ob gelesen, mußt endlich alles ins Auge fassen langsam, gewissenhaft, ohne Lamento.

Nichts, was leicht zu haben ist, äffte sie die Worte der Mutter, die sie längst kannte, nach, doch wohl oder übel schloß sie die Augen, lag sie reglos auf der bloßen Erde und rief sich eine nach der anderen ins Gedächtnis, alle Geschichten aller Verwandten, Freunde, Schüler ihrer Lebenszeit: die von Max, der über die Mauer gesprungen war, die der schönen ausgewanderten Lilja, des Bruders Geschichte und Nats und Pinocchios; auch die traurige ihrer ersten, der Verräter-Mutter, und schließlich ihre eigene undurchschaubare ... doch gleich dazu die Geschichten der Geister, der Götter; sie konnte endlich doppelt, endlich *eins im anderen* denken, und sie dachte es durch und dachte es weiter ... so lange, bis ihr schwindlig wurde und sich alles rings umher anfing zu drehen.

Das dauerte viele Stunden lang. Als sie die Augen wieder öffnen konnte, herrschte Dunkelheit.

Es war ein Dunkel von solcher Tiefe, daß es die schwarzen Körper der Büsche, die verstreuten Lichter am Horizont, schließlich sie selber einzusaugen schien. Sie fühlte sich im Fallen kleiner werden, als wüchse sie zurück in eine frühere Gestalt; sie wurde leichter, unempfindlicher ...

Der Wind wurde wärmer, und wieder, wie damals neben Humphrey im Rausch, nahm sie den Geruch der Erde wahr. Doch diesmal fand sie ihn ohne Drogen; der weiche Regen legte sich, ein sanfter Wundverband, auf sie und um sie; eine Art träumerischer Begeisterung erfaßte sie, eine Ekstase, wie sie sie in der Kindheit erlebt, doch dann nie wieder erfahren hatte. Ein Zustand, der keinesfalls, wie behauptet wird, glücklich ist, sondern herrlich und unheimlich gleichzeitig; er dauerte unendlich lange an und ließ sie, wie sie sich später erinnerte, mit dem Gefühl tiefer Lebensruhe zurück.

Als sie am nächsten Morgen erwachte, hielt diese Ruhe noch an. Die fernen Stadtgeräusche, die niemals gänzlich eingeschlafen waren, wurden schon kräftiger, entschlossener.

Sie wußte aber: Eine andere Nacht im Freien würde sie nicht überleben, sie mußte eine Unterkunft suchen. Was bedeutete: wieder aufzubrechen. Zu ihrer Verwunderung war sie imstande sich aufzurichten, fand sie die Kraft zu stehen, zu gehen, die Tasche zu tragen. Wußte sie schlafwandlerisch die Richtung, die sie einzuschlagen hatte.

Es ist überstanden, sagte sie.

13
Rekonvaleszenz

Auch noch im mechanischen Gehen, später, blieb Sicherheit. Sie wanderte lange auf einer menschenleeren Chaussee. Glückliche Umstände kamen ihr zu Hilfe. Ein Bus hielt, als sie sich nach ihm umdrehte, an. Sie stieg auf Verdacht ein, schlief eine Weile in der Ecke auf der letzten Bank und sprang endlich nach langer Fahrt am Rand eines Neubaugebiets wieder hinaus.

Hochhäuser, halbfertig zumeist, ragten aus einer Sandwüste auf. Ein paar verschlafene Menschen verließen ihre Wohnungen; das vollkommen baumlose Gelände mit den Bauruinen machte den Eindruck von Verlassenheit; es sah aus, als hätten unbekannte Arbeiter in der Nacht an den Häusern gearbeitet und sie am Morgen sich selbst überlassen. Viele von ihnen standen noch leer oder waren erst halb bezogen. Man hielt jedoch die Haustüren verschlossen.

Sie wartete, hinter einem Container verborgen, mehrere Stunden, bis es ihr gegen Mittag gelang, sich zusammen mit einem Schulkind in eins der Häuser hineinzudrücken.

Stadtstreicher wissen, daß man in Bauwerken dieser Art so hoch wie möglich steigen muß. Daß die Gefahr, entdeckt zu werden, im letzten Stockwerk am geringsten ist.

Noch immer war das Glück auf ihrer Seite. Sie nahm es als Fügung, daß hier der Fahrstuhl noch nicht funktionierte, auch, daß das Haus erst zur Hälfte bewohnt war. Sie fand auf dem obersten Absatz, gleich neben der Müllschluckanlage, Platz und richtete sich mit ihrem Schlafsack ein. Das Gefühl der Geborgenheit hielt sich noch den

Tag über und die Nacht darauf; sie schlief lange und traumlos.

Der Wunder größtes aber stellte sich am nächsten Morgen ein. Aus einer der Dachwohnungen, die sie für unbewohnt gehalten hatte, trat eine große, sehr magere Frau. Sie ging, ohne sich um sie zu kümmern, an ihr vorbei, tappte dann, schwerfällig sich ans Geländer klammernd, die Treppe abwärts. Aus ihrem Gang, den halbgeschlossenen Lidern konnte sie schließen, daß sie blind war.

Sie hielt den Atem an, um keinen Verdacht zu erregen.

Und natürlich schöpfte die Frau, mit der Feinfühligkeit der Blinden, sofort Verdacht. Sie hielt auf der halben Treppe an, wandte sich zu ihr um und sagte:

Wenn ich zurück bin, werde ich Ihnen Kaffee kochen. Dann hangelte sie sich am Geländer weiter.

Kaum brachte sie ein heiseres *Dankeschön* heraus, als ihr schon Tränen in die Augen schossen. Wie immer, wenn sozusagen unverdient ein Glück sie traf.

Warum eine Blinde ausgerechnet im sechsten Stock wohnen mußte, war ihr zu dieser Zeit noch unerklärlich.

Sie tranken Kaffee, kamen ins Gespräch, doch da war nicht viel zu sagen. Sie brauchte eine Unterkunft, die Blinde Hilfe. Sie wurden schnell handelseinig.

Eine stille, sie dachte: *schwerelose* Zeit brach – unerwartet – für sie an. Sie bezog die Abstellkammer hinter der Küche, die die Blinde, wie sie behauptete, nicht brauchte.

Der späten Tochter einer preußischen Generalsfamilie, von der sie sich aber losgesagt hatte, war ein einziger Wohnraum genug. Sie hatte sich, bis auf das Nötigste, von beinahe allem Mobiliar – all diesem Wirtschaftswundertand, wie sie es nannte – getrennt, hatte sogar, wie später von den Erben zu erfahren war, das Familiensilber verschenkt, zur Entrüstung zweier verwitweter Schwestern die wertvollsten, unersetzlichsten Stücke in alle Winde zerstreut.

Wenn sie das Zimmer ihrer Gastgeberin betrat, was übrigens selten geschah, fiel ihr neben dem Schlafsofa, dem Tisch mit zwei Stühlen und einem Stehpult, an dem die Blinde manchmal auf einer vorsintflutlichen Maschine tippte, regelmäßig ein Foto ins Auge, das die ganze karge Einrichtung zu überstrahlen schien.

Ein Jugendbild des blinden Fräuleins?

Unverkennbar war die Haltung des Kopfs, die etwas gebeugte Gestalt und eine gewisse Durchsichtigkeit der Züge; allein die Augen – damals noch gesund – waren abwesend und aufsässig zugleich, wie manchmal Augen von Kindern mit dunklen Gedanken.

Von Anfang an hielten beide auf Abstand. Es ergab sich aber im Verlauf der Zeit eine Art von Arbeitsverhältnis. Die Blinde sorgte für die Ordnung in der Wohnung, sie machte den Einkauf; alles ging, wie es ging, nach geheimen, niemals ausgesprochenen Regeln; es gab keine festgelegten Essenszeiten.

In den ersten Tagen hatte ihre Gastgeberin ihr noch erklärt, in welche Läden sie zu gehen hatte und wo es am billigsten war. Bald jedoch schrieb sie am Morgen nur den Einkaufszettel und legte das nötige Geld dazu; dabei war sie völlig vertrauensvoll.

Einmal, als sie ausnahmsweise länger in der Küche zusammensaßen, zeigte sie ihr ein hölzernes Kästchen, in dem sich ein Collier von großem Wert befand. Es war aus fein ziseliertem Gold und mit Diamanten besetzt; vom Prinzen von Kurland einem ihrer Vorfahren zum Dank für treue Dienste geschenkt. Sie schob es achtlos wieder zurück, hinter die Töpfe im Küchenschrank.

Ich trage keine Ketten, sagte sie, will diese aber noch behalten. Ich *fühle* sie gern. Später werde ich sie verschenken. Es gibt ja Menschen, die so etwas brauchen können.

Ihr Gast war zufrieden wie seit langem nicht.

Als könnte das Fräulein Gedanken lesen, sprach sie es kurz danach aus.

Keine Arbeit, die man annimmt, sollte einen beim Leben stören.

Dabei hatte sie selbst trotz ihres Augenleidens jahrelang in einem Büro auf einer Spezialmaschine Briefe getippt.

Was verstehen Sie unter *Leben*?

Anhalten können, wenn es mir paßt. Ihm den Rücken kehren.

Wem ... ihm?

Dem Leben eben. Sie hustete. Sie war nicht gesund.

Man kann das lernen.

Sie meinen: einfach aussteigen und im Windschatten leben?

Das meinte ich keinesfalls. Windschatten gibt es nirgendwo. Ich sagte nur: den Rücken kehren. Zur anderen Seite sehn. Nicht, daß das etwa einfach wäre ...

Die Blinde hatte ihr aus der Seele geredet. Ihr – oder wem? Denn gleich auch drängte sich das Noli me tangere dazwischen, der Wanderer auf seinen einsamen Wegen und auch das Baumgesicht, das allerdings anderer Meinung war.

Muß man nicht *unter die Leute*? fragte sie ihre Gastgeberin. Was ist mit den Freunden, Geliebten, unseren Nächsten?

Wer ist mein Nächster? Die Frau lachte höhnisch: Der apoplektische Hauswart unten, der schon vor Mittag an der Flasche hängt? Die Verrückte aus dem zweiten Stock, die am Morgen *Geschenke* aus der Mülltonne klaubt und sie uns abends vor die Türe packt? Man muß schon ziemlich lange überlegen. Nun ja, fügte sie hinzu, er mag sich schon finden eines Tages; sie nahm ihren Stock und tappte hinaus.

Ihr aber fielen wieder die Worte Morandis ein, und sie schämte sich ihrer Fragen; vergaß dann aber die Sache schnell, wie sie alles damals schnell vergessen wollte: das Vergangene und alle Zukunftspläne, selbst ihre Scham.

Ja, sie lebte im Windschatten der Ereignisse. Draußen kämpften die Leute gegen den Winter, dann gegen die Frühlingsstürme an; sie kämpften gegen die Wasserlachen, die ganze Wüstenei ringsum – man sah sie nur in Gummistiefeln durch das Sumpfgelände waten –, kämpften gegen den Matsch, die Feuchtigkeit in den Häusern, den Staub.

Kämpften um Rechte in den Betrieben, um Jobs. Um Vermögen, um Einfluß, um Ansehen.

Begannen dann aber – nahezu unbemerkt – am Ende dieses jahrelangen Aufwärtsschwungs allmählich *gegen* die Dinge zu kämpfen: gegen Gläubiger, Lehrer, Vorgesetzte; gegen die sich einschleichende Rezession, gegen die Wiederbewaffnung, die Atomkraft; Studenten kämpften gegen den Krieg in Vietnam, gegen den Staub, den Zement in den Institutionen.

Sie kämpfte gegen niemanden und nichts. Nach dem Rückfall bei Pinocchio fühlte sie sich weder krank noch gesund. Sie war rekonvaleszent und hätte es ewig bleiben mögen. Schätzte sich glücklich, daß sie zu arm war, um eine Zeitung zu halten. Vermied, die ehemaligen Kontakte wieder aufzunehmen, selbst den zu Nat, ihrem früheren Freund; sie verbot sich sogar, an ihn zu denken.

Oft saß sie ganze Tage in der Abstellkammer, über den Geistergesprächen brütend; sie durchforschte ihre Notizen, ergänzte, verbesserte die Diskurse, die Reflexionen und Ausbrüche, versuchte, ihrem Verlauf zu folgen, das ursprüngliche Feuer wiederzufinden; sie fahndete stundenlang nach einem Wort, dem einzig richtigen, passenden; und je länger sie sich einschloß, desto farbiger kam die Sprache heraus, desto lebendiger die Gesichter.

Mit den Gesichtern aber kamen die Namen zurück; so machte sie sich einen Spaß daraus, die ehemaligen *Gäste* einen nach dem anderen aufzurufen, sie noch einmal, in Gedanken wenigstens, zu versammeln, sich die Gespräche ins Gedächtnis zu rufen, sie setzte sie wie früher zueinander: die Frau mit den Flußaugen neben den Wanderer, den Rundkopf neben den Löwenkopf, Marilyn Monroe zum Guerillero. Sie sah – als wären sie wirklich da – den Tänzer mit dem Dichter am Fenster stehn, die hagere Gestalt des Baumgesichts daneben; nun endlich konnte sie sie zu sich rufen und im nächsten Augenblick verschwinden lassen: Dylan Thomas, John Lennon, Emily Brontë, Pablo Picasso und Giorgio Morandi. Die großen Alten: Einstein, Gorki. Den greisen Freud mit seinem Spitzbart, Dora Maar und auch die schöne silberfarbene Elisabeth ... und wohl zum hundertsten Mal den kleinen Babel, Isaak, der doch der größte ihrer Götter war.

Im Eifer des Schreibens geschah es nicht selten, daß ihr auch gänzlich Neues unterkam, daß unzugehörige Sätze auftauchten, solche, die keiner der Besucher jemals ausgesprochen hatte; sie nahm sich aber nicht die Zeit, zu untersuchen, woher sie stammten, zu sehr war sie damit beschäftigt, die Fäden zu entwirren oder sie noch einmal anders zu verknüpfen, zu tief in das verschlungene Gewebe verstrickt. Und so schrieb sie und schrieb und strich aus und schrieb wieder, und manchmal war ihr, als ob nicht sie es war, die schrieb, sondern die Geister, die ihr die Hand führten.

Sie müssen mich kennen, dachte sie, wie nur sehr gute Freunde einen kennen, denn was da stand am Ende, hatte ganz zweifellos mit ihr zu tun, mit *ihrer* Krankheit, *ihren* Ängsten und *ihrer* Unvollkommenheit und *ihrem* Stolz.

Nicht, daß sie etwa antworteten! So weit, das wußte sie schließlich, würden sie in ihrem Götterhochmut sich niemals zu ihr herablassen, doch nahm sie nun fast in jedem Gespräch verstohlene Winke wahr, unbezweifelbare Fingerzeige.

Ihr müßt allerhand von uns halten, sagte sie, so wie ihr uns eure Gleichnisse auftischt, uns zutraut, eure Rätsel zu lösen! Sie schrieb aber dennoch schneller und schneller, am Tag und nicht selten in der Nacht.

Auch die Blinde las, das schwere Buch auf den Knien, oft Tage und Nächte durch. Fuhr mit den Fingerspitzen zärtlich, aufmerksam über die Punktschrift wie über das Fell eines jungen Tiers; nichts in der Wohnung war zu hören als nur manchmal das Kratzen des Bleistifts auf Papier, das Rascheln der großen Seiten im Buch.

Immer seltener gingen die Frauen aus dem Haus. Manchmal, gegen Abend, trafen sie zufällig auf dem kleinen Westbalkon neben der Küche zusammen, um zu sehn, wie die Sonne hinter den Dächern verschwand. Das heißt, die Blinde sah es nicht mit ihren toten Augen und schien es doch zu sehn. Sie rauchten und horchten auf die Geräusche der Stadt. Hörten die Motoren auf der Schnellstraße leiser werden, die Stimmen der Vögel einsilbiger. Sie warteten dann, bis sie ganz verstummten.

Wo bleiben eigentlich die toten Vögel, fragte die Blinde einmal unvermittelt. Man findet sie nie. Suchen sie sich zum Sterben ein Versteck? In einer Astgabel, auf der Spitze eines hohen Baums? Es heißt, sie lassen sich zu Tode wiegen. Wir haben keine Bäume hierherum. Wo bleiben sie?

Sie sprach einmal vollkommen ohne Hohn. So hatte sie noch nie gesprochen.

Sie trafen nun öfters zusammen, ohne Verabredung. Es wurde Winter, Frühling und wieder Sommer. Leben begann wieder, langsam erstarkend, auf eine neue, erstaunliche Art.

Eines Nachts, als sie plötzlich in ihrer Kammer erwachte, saß die Blonde in einem kleinen weißen Hemd an ihrem Bett. Sie erschrak, so wie man nur des Nachts und halb erwacht erschrecken kann. Sie sah jetzt das Gesicht des Mädchens so starr, die Züge verzerrt, als würden sie nie wieder weich, nie mehr zurückverwandelt werden können. Schnell drehte sie die Lampe weg, um sie vor dem scharfen Licht zu schützen. Damit es sie vor dem Anblick schützte?

Sie sprang auf und wollte ihr Wasser holen.

Bleib, wo du bist, sagte die Blonde und berührte sie mit ihren kalten Fingerspitzen, so daß auch sie erstarrt und unbeweglich sitzen blieb. Als sie die Lampe zurückdrehte, war die Erscheinung fort.

Es war nur ein Traum, sagte sie zu sich selbst und riß die Augen gewaltsam auf. Ein Todestraum, aber doch nur ein Traum. Es hat nichts zu sagen. Oder höchstens, daß der Träumer noch lange lebt.

Was sind schon Träume, dachte sie, im Vergleich zu den lebendigen Begegnungen der letzten – sie meinte: der *vorletzten* Zeit, als noch die *Gäste* regelmäßig kamen. Dennoch rannte sie – abergläubisch, wie sie noch immer war – zur Türe der Blinden und fand sie zu ihrem Schrecken verriegelt. Soviel sie auch klopfte, sie hörte nichts. Erst als sie wütend an der Klinke rüttelte und mit der Feuerwehr drohte, ließ sich das Fräulein zu einer Antwort herab.

Ich bin erkältet, krächzte sie. Nichts von Bedeutung.

Machen Sie, daß Sie ins Bett kommen! Was soviel hieß wie: Belästigen Sie mich nicht!

Sie kann also noch immer kommandieren; sie mußte lachen und war beinah beruhigt. Bald, vielleicht schon morgen, würden sie wie vorher auf dem Balkon stehn; sie würden rauchen zusammen und der Sonne zusehn, wie sie sich hinter den Dächern davonschlich, in kleinen, unauffälligen Sprüngen, so als ob niemand es bemerken sollte.

Doch auch am nächsten Tag und allen folgenden blieb es im Krankenzimmer still. Es gelang ihr lediglich, Tee einzuschleusen, manchmal etwas Zwieback und das Fieberthermometer, das sie doch stets, Normaltemperatur anzeigend, zurückbekam. Konnte die Kranke es zurückgeschlagen haben?

Dann geschah etwas Unerwartetes. Auf dem ausnahmsweise vor der Türe abgestellten Tablett fand sie am Morgen Geld und einen handgeschriebenen Zettel.

Gehen Sie sich ein Kleid kaufen, stand darauf in einer schiefen, krakeligen Schrift, wie sie sie von der Blinden nicht kannte, das Komma jedoch am richtigen Platz.

Es war ein Packen von Fünfzigmarkscheinen, fast zuviel für ein Kleid, sie hatte lange nicht mehr eine solche Menge in der Hand gehabt. Ohne sich zu besinnen, was es zu bedeuten haben könnte, lief sie los.

Das Geschäft hatte eben geöffnet, als sie ankam, und Ada erkannte sie gleich.

Sie wollten das Kleid Ihrem Leben anpassen, sagte sie heiter, ohne die geringste Spur von Vorwurf.

Jetzt soll es also umgekehrt sein.

Die Frau sah sie an, als ob sie alles von ihr wüßte. Ihre verwahrloste Kleidung, das ungeschnittene Haar schienen sie nicht zu stören. Das teure Kleid war noch immer da.

Probieren Sie es ruhig an. Ich möchte Sie nur einmal

darin sehn. Sie sind zu absolut nichts verpflichtet. Sie hörte Adas Worte nur mit halbem Ohr, und wie meistens ging ihr der Sinn erst später auf.

Hätte sie nicht schon drei Mütter gehabt, sie hätte diese auf der Stelle adoptiert.

Sie zog das Kleid an und sah sich im Spiegel.

Ich werde es nehmen, sagte sie. Der Rock war zu lang. Ein junges, sehr zartes Mädchen – wie hätte auch ein anderes hier geduldet sein dürfen? – kniete am Boden, den Saum abzustecken. Obgleich die großen Schaufenster des Ladens nicht zur Straße hinaus, sondern auf einen überdachten Hof hin gingen, war es, als ob die Junisonne die Wände des Geschäfts durchdränge. Alle Blumen, Lampen, Spiegel und Gläser, alle Mobiles leuchteten auf und steigerten sich gegenseitig.

Was für ein Wetter, sagte sie. Und was für ein Frühling dieses Jahr!

Ja, sagte das Mädchen, unglaublich schön. Und dann dieser Aufruhr.

Dieses Unglück, fügte sie, Stecknadeln zwischen den Lippen, hinzu ... Einer der Studenten, heißt es, ist erschossen worden. Schon gestern abend.

Sie hörte nur das Wort *Unglück*, hörte *Studenten* und sah im selben Moment ihre eigenen vor sich, als säßen sie, zusammengedrängt, nebeneinander auf der Treppe der verfallenen Villa, in der sich das Institut befand.

Sie sah das Mädchen, das die Freundin eines von ihnen hätte sein können oder auch die Freundin des Erschossenen, und mit einem Ruck riß sie sich los, von ihren Händen und ihrem Blick, und von Adas Augen, die ihr folgten, als sie hinaus auf die Straße stürzte. Ganz ebenso, wie sie schon einmal – scheinbar ohne Grund – von Pinocchio fort und ins Ungewisse gestürzt war.

Und wieder der Zustand des Hetzens, des Suchens, des Außersichseins.

Mit dem aufgetrennten, halbaufgesteckten Saum, in dem die Stecknadeln blitzten, lief sie, ohne Luft zu schöpfen, ohne einmal anzuhalten, durch die sonnige Stadt; sie mußte ja zu ihren Leuten zurück, mußte sehen, ob sie lebten – Max, Humphrey, Aljoscha und die Brüder Lebenstedt –, ob sie gesund waren; zu lange hatte sie herumgebummelt, war schlafwandlerisch durch die Tage getaumelt und hatte es sich gutgehen lassen.

Ein Gedanke, der ihr doch sogleich abwegig, ja verrückt vorkam, drängte sich ihr in den Kopf: Als könnte es durch ihre Schuld geschehen, wenn einem von ihnen etwas zustieße – sie verbannte ihn auf der Stelle.

In die U-Bahn wagte sie sich in ihrem Aufzug nicht hinein. Sie zog die Stecknadeln aus dem Saum, und ein Taxifahrer, der gehalten und schon die Türe neben ihr geöffnet hatte, schlug sie ihr vor der Nase wieder zu.

Frauen in solchen Kleidern fahre ich nicht!

Als würde dieses Wunder von Kleid eine Herausforderung bedeuten für einen, dem es vor Wundern graut.

Ihr wurde schwindlig, und sie hielt sich an einer Hausmauer fest. Mit letzter Kraft schaffte sie es bis zum Institut.

Hier schien alles verändert. Als sie durch die Lücke im Zaun in den Garten wollte, war da kein Durchkommen mehr. Ein häßliches, neues Drahtgebilde umgab jetzt das Grundstück, die kleine Pforte am anderen Ende war durch eine massive und verschließbare ersetzt; sie knarrte nicht mehr. Selbst die zwei kopflosen Putten, die sie früher mit Blumentöpfen gekrönt hatten, waren verändert: Ein Witzbold hatte ihnen Häupter aus Zement verpaßt, sie ähnelten jetzt Frisörlehrlingen.

Es sieht nach Max aus, dachte sie und wollte die Studenten nach ihm fragen. Sie saßen auf der steinernen Treppe, sie starrten sie an, sie kannte niemanden mehr. Das lange Kleid hinderte sie am Gehen. Ein Mädchen begann, als sie sie auf dem Rasen stolpern sah, zu kichern. Die anderen saßen in Kreisen zusammen, erregt diskutierend, keiner nahm von ihr Notiz.

Als wäre es nie mehr aufzubrechen, dachte sie einen Augenblick mutlos. Steuerte dann aber doch, sich überwindend, auf das kichernde Mädchen zu, absichtlich auf sie, wie um sich ihrer Kraft zu vergewissern. Oder ihrer Gesundheit?

Wo ist Max, fragte sie, wo sind Aljoscha, Brigitta, Humphrey, Lilja?

Humphrey, Aljoscha? Das Mädchen musterte sie von oben bis unten.

Verschollen wahrscheinlich, im Dunkel der Zeiten.

Sie wandte sich ab; doch dann, unvermittelt, ließ sie sich doch noch auf ein Gespräch ein. An eine wenigstens erinnerte man sich. Eine war es wert, erwähnt zu werden. Eine hatte etwas *geschafft*. Sie sprach, als wäre sie dort gewesen, von Kolumbien und der Kaffeefarm. Von der weißen Villa mit den Säulen, von Lilja auf ihrer Hochseeyacht . . . es war ein Märchen, das, wie das Licht eines erloschenen Sterns, noch immer durch die Zeiten geisterte.

Da erst begriff sie, daß seit ihrem letzten Ausflug ins Leben, der bei Pinocchio kläglich scheiterte, schon wieder ein Jahr vergangen war.

Alles in allem war sie seit dem ersten Ausbruch ihrer sogenannten Krankheit mehr als drei Jahre aus der Welt gewesen. Würde sie jemals wieder hineinfinden? In die Welt, in die Zeit, in den Kreis, in das Spiel?

Hier nämlich liefen die Uhren wieder. Es gab Morgen,

Mittag und Nacht. Es gab Tagespläne, Stundenpläne, Minutenpläne. Bald würde auch sie wieder eingeplant sein. Würde sich selbst in die verschiedensten Pläne einschreiben müssen.

Doch wie es manchmal zu Neujahr geschieht, daß einer seine guten Vorsätze noch ein kleines Weilchen aufschiebt, für ein paar Stunden nur oder den ersten Tag, die erste Woche und so fort, so dachte sie, sich bis zum letzten, unausweichlichen Entschluß noch in dem angenehmen Rekonvaleszentenzustand aufzuhalten, in dieser Halb-Krankheit oder Halb-Gesundheit, während welcher das beste aus beiden spürbar wird: der leise schwindende Schmerz der Krankheit, die steigende Wärme und Kraft der Gesundheit.

Die Sonne verzog sich langsam, wie verstohlen, aus dem Garten, und die Studenten warfen Jacken und Taschen über die Schultern und gingen nach Haus.

Neidvoll sah sie den beiden letzten nach, die, einer den Arm um die Schultern des anderen, den Garten verließen. Sie waren den Männern vom Bildschirm ähnlich, dem Tänzer, dem Dichter, die sie seinerzeit bewundert, aber gleichzeitig gefürchtet hatte. Doch weder drohten sie ihr jetzt, noch kümmerten sie sich überhaupt um sie.

Niemand würde ihr nun mehr drohen und niemand sich kümmern; sie war allein wie nie zuvor.

Wer dann aber doch noch, unerwartet, in dem durch eine Straßenlaterne schwach beleuchteten Garten erschien, war Aljoscha. Es war allerdings nicht der, den sie von früher in Erinnerung hatte, auch nicht der vom letzten Treffen bei Pinocchio; es war ein neuer, ganz und gar veränderter. Er hatte sich die Haare kurz geschoren; mit einer riesigen Brille auf seinem breiten, ernsthaften Bauerngesicht war er dem kleinen Thronfolger ähnlich. Und noch immer hatte er die Angewohnheit, in der Aufregung die Nase wie ein junger Kater kraus zu ziehen. Er trug eine Kamera über der Schulter, ein Tonbandgerät und eine Tasche, aus der Papier und Zeitungen quollen.

Aljoscha, rief sie und bemühte sich, gleichgültig über den Rasen zu schlendern, so als ob sie durch Zufall vorbeikäme und ihn eben entdeckte.

Was machst du, Aljoscha, wo seid ihr alle, und was war gestern ... Sie zündete schnell Zigaretten an, im Bemühen, auch das Gespräch gleich wieder anzufeuern, falls es ihm allzu rasch verlöschen sollte.

Was ist gewesen, erklär mir alles, rede, Aljoscha, um Gottes willen!

Doch der neue Aljoscha war keineswegs stumm. Ein jetzt endgültig Erwachsener beantwortete konzentriert und sachlich ihre Fragen; alle, die sie gestellt, und selbst die, die sie nicht gestellt, sondern nur gedacht hatte.

So erfuhr sie, was sie lieber nicht erfahren hätte. Mußte hören, was sie nicht *wirklich* zu hören wünschte: daß Lilja, das schöne, für seine Klugheit bewunderte Mädchen, ihr einst so hoffnungsvoll begonnenes Leben in der weißen Villa zu verdämmern drohte, daß Mäxchen, das Allroundgenie, auf dem Weg nach *Drüben* kassiert und erst nach langen Verhören in sehr verwirrtem Zustand wieder freigelassen worden war; im Westfälischen sitzt er und leckt seine Wunden ...

Genug, Aljoscha, schon gut, es ist gut, rief sie, nachdem sie noch hatte erfahren müssen, daß es auch Humphrey nicht gelungen war, das einmal gesteckte Ziel zu erreichen. Er hatte sich im Rausch – diesmal dem der Geschwindigkeit – an einem Chausseebaum zum Krüppel gefahren.

Sie wollte nichts weiter hören. Doch der verhexte Student lehnte, höhnisch grinsend, am Steingeländer und dachte nicht daran zu schweigen.

Sie wollen wissen, wie alles passieren konnte. Und was gestern geschah ... natürlich wollen Sie es wissen.

Doch keiner, keiner von diesen ... er verschluckte ein Schimpfwort und schlug wütend auf den Zeitungen herum ... diesen sogenannten Verantwortlichen ... niemand weiß es genau. Oder *will* es nicht wissen. Einen Studenten hat es erwischt. Man hat ihn erschossen.

Er ist keiner von uns und könnte es doch sein. Er soll einer gewesen sein, der keiner Gruppe, Verschwörung, Partei angehörte, einer, der nirgendwo hingehört, und also doch einer von uns!

Einer, der *nirgendwo* hingehört, sagte er danach noch zweimal.

Die Gedanken flitzten ihr wie Elektronen im Kopf durcheinander. Was soll das heißen? fuhr sie dazwischen, *nirgendwo hin*, soll das ein Vorwurf sein? Habt etwa ihr nicht gewußt, wohin ihr gehört? Ihr, die ihr studieren konntet und lernen, soviel, so lange, wie ihr wolltet, so frei, wie nirgends sonst auf der Welt!

Was, was, Aljoscha heulte förmlich auf, das wüßt' ich gern, was einer hier wohl hätte lernen können, an diesem lächerlichen und maroden Institut, in dieser ausgelaugten, ausgewrungenen Wissenschaft ...

Nicht, nichts, nichts, schrie er und schüttelte den geschorenen Schädel, ihr aber setzte ein paar Schläge lang das Herz aus.

Nichts, nicht das Geringste war zu erfahren, was einer hätte brauchen können, weder für seine Geistesentwicklung noch für die des ach so wunderbaren Lebens! Allenfalls für das Examen, fügte er matt hinzu, für ein bedeutungsloses Papier.

Und, warf sie schnell ein, ist das etwa nichts? Nichts, was euch weitergeholfen hätte?

Aljoscha lächelte mitleidig, schüttelte müde den Kopf und wurde ganz leise.

Auch ich bin nicht mehr dabei: verließ die Stätte unseres Elends, kurz nachdem selbst *Sie* das Handtuch schmissen; wollte noch einmal ganz neu anfangen – natürlich noch immer mit Ihren Helden im Kopf, Ihrem verrückten Dichter zum Beispiel, mit dessen Rhapsodien Sie uns traktierten, mit Ihren Tellerwäschern, Zeitungsschreibern, Malern, Künstlern, die alle uns die Welt erklären sollten, so einer wollte ich werden, auf Biegen und Brechen, einer, jawohl, der überall hinkommt ...

So einer, ob Sie es glauben oder nicht, bin ich tatsächlich geworden, bei einer Zeitung, nun ja, einer, die Sie wahrscheinlich nicht lesen ...

Allerdings bin ich ziemlich gut, eines Tages werde ich ... wird man mich schon hinaus und unter die Leute schikken, überallhin, wohin ich will: nach Odessa, auf die Mergui-Inseln, ans Schwarze Meer ... man wird mich, und nur mich, dort haben wollen ... Da sehen Sie, wohin Sie uns gebracht haben!

Es gab nichts mehr zu sagen. Sie saßen nebeneinander, Aljoscha verstummt und stur wie ein Maulesel, sie kalt bis in die Fingerspitzen. Und ihr wurde noch immer kälter, als wäre, was geschehen war, zuviel gewesen für einen Tag.

Sie hörte dann, was ihr ganz unerklärlich war, die Geräusche um sich herum zunehmend leiser werden, bis sie schließlich gar nichts mehr vernahm und von einem Augenblick zum anderen das Bewußtsein verlor.

Als sie wieder erwachte, war Aljoschas Gesicht dicht über ihr, seine Stimme nah an ihrem Ohr.

Hören Sie, was ich sagen wollte, es ist ja schon gut ... er versuchte, sie aufzurichten, ihr beruhigend über das Haar zu streichen und sie gleichzeitig zu schütteln ...

Da ist etwas, das Sie doch erfahren, was Sie, meine ich, wissen sollten, ja, etwas Wichtiges, das Sie beruhigen könnte ... Ist es besser jetzt, gehts Ihnen gut? ... Etwas, das ich Ihnen, hören Sie, sagen muß endlich ... Gut, gut, es wird ja, wird schon wieder werden mit Ihnen ...

Ihr war so elend, daß sie glaubte, nie mehr die Kraft aufzubringen, irgend jemandem zuzuhören.

Passen Sie auf, rief Aljoscha und fuhr fort, sie zärtlich zu streicheln und gleichzeitig wie wild zu schütteln:

Nämlich in der Zeit danach, ob Sie es glauben oder nicht, ich meine: *nach Ihrer Zeit*, doch vor meinem ruhmlosen Ende hier, als ich nur selten noch bei akademischen Veranstaltungen erschien, begann ich, mich mit der Liste zu beschäftigen. Mit dieser Endlos- oder Wahnsinnsliste, mit Ihren Empfehlungen oder Anordnungen, offenen oder versteckten, mit Hinweisen auf Bücher, die zu lesen Sie uns befahlen, die wiederum auf andere verwiesen, die wiederum auf andere, und so weiter, mit dem unendlichen Katalog von Literaturen aus aller Welt, allen Jahrhunderten oder Jahrtausenden, bis in die graueste Vorzeit zurück, in die Steinzeit und weiter, überall noch eine Fußnote, ein Hinweis in Klammern, eine unabdingbare Pflichtlektüre ...

Also, ich las und las; ich fraß, biß, würgte mich hindurch, durch alles, was auf der Liste stand und in den Fußnoten und in den Klammern, und danach durch das, was *nicht* mehr darin stand, las, las alles, was mir unter die Finger geriet, planlos, ziellos, vom Hundertsten ins Tausendste kommend, ja, etwa so wie weiland Sie bei Ihren Vorträgen im Seminar, wenn es ins Uferlose ging, wenn es sozusagen radioaktiv wurde, von Frage zu Frage, von einem Ihrer Heiligen zum anderen, von einer Idee zu hundert weiteren, immer eine auf die vorige rekurrierend, eins am anderen sich entzündend ...

Es ist gut, Aljoscha, sagte sie und stützte den Kopf in die Hände, doch der Junge in seinem Furor riß sie ihr augenblicklich von den Ohren.

Hören Sie, na, hören Sie schon, ob Sie es für möglich halten oder nicht: Hier vor sich sehen Sie einen, der tatsächlich aus der Angelegenheit gelernt hat, oder wie heißt es: Gewinn draus gezogen ...

Er setzte, atemlos, noch einmal an: Ja, so wie ich, der schließlich, endlich und auf diese Art doch noch zu seiner Profession gefunden hat, zu seinem Beruf ... der übrigens der beste ist, den einer sich denken kann, in diesem Land, in dieser Zeit, der einzige, in dem du manchmal, in gewissen Augenblicken ... angesichts eines Penners, einer hilflosen Person ... oder nur eines müden Postfräuleins am Schalter ... daß es dir plötzlich, sagte Aljoscha, daß es dir da wie Schuppen von den Augen fällt, wie soll ich sagen, ja, daß es passieren kann, daß du mitten im größten Gewühl, im ohrenbetäubendsten Lärm auf einmal den *Atem anhalten* mußt, weil du denkst ... das hast du schon einmal gesehn, diese Straße, die kennst du, dieses Gesicht, bis ins Innerste kennst du's, weil du es Wort für Wort gelesen hast, und eben, *weil* du es kennst, kannst du es ... wenn schon nicht verstehn, so doch fühlen, ja, richtig, lebendig ... als wärst du ... erst jetzt ... *ins Leben geraten.*

Sagten Sie wirklich, fragte sie, plötzlich hellwach und nun ebenfalls atemlos: Sagten Sie wirklich ... wahrhaftig: *ins Leben*?

So was kommt vor, sagte Aljoscha, ja, so ist es. Du wirst schon wissen.

Es war das erste Mal, daß er sie duzte, und wahrscheinlich das Ende der Geschichte zwischen Aljoscha und ihr. Zwischen ihr und den Geistern. Sofern man, dachte sie, bei unserer und nicht deren Zeitrechnung bleibt, die häufig anders kalkuliert, bei der ein Ende der Anfang sein kann ... oder auch umgekehrt.

Aljoscha stand auf, sah ihr ohne Spott in die Augen und verabschiedete sich mit einer so tiefen Verbeugung, als wäre ihm soeben ein Vermögen überschrieben worden oder eine unerwartete Beförderung zuteil geworden.

14
Geheilt

Auch sie mußte nun gehen, die Kranke versorgen. Sie wollte es diesmal mit Sorgfalt tun. Würde sich – und sei's mit Gewalt – Zutritt in ihr Zimmer verschaffen, sie füttern und waschen und ihr spätestens nach dem dritten Zug die Zigarette aus der Hand reißen.

Doch schon, als sie – es war kurz nach Mitternacht – die Wohnungstür aufschloß, als es im Flur so merkwürdig still war und sich auch im Krankenzimmer nichts rührte, wußte sie, daß ihrem Vorsatz keine Taten mehr folgen würden.

Nie wieder würde sie zusammen mit der Blinden den Sonnenuntergang sehn, nie mehr die stolpernden Schritte hören oder das Rascheln der großen Seiten im Buch; sie wußte, was sie erwartete.

Und wußte es doch nicht. Denn nachdem sie den ersten, den in seinem Ausmaß nicht zu beschreibenden Todesschrecken überstanden hatte, geschah wiederum etwas Unerwartetes.

Sie saß am Bett und sah das Fräulein, anders als die Blonde, im Entschlafen jünger werden, Stunde um Stunde ein wenig mehr, und als sie ohne Hast, ohne Furcht das Licht der Lampe auf sie richtete, fand sie sie beinahe dem Kind auf dem Foto, dem Mädchen im Matrosenkleid ähnlich.

Sie saß dann länger so, mit Gedanken, ohne Gedanken, sich erinnernd und der Erinnerung den Rücken kehrend; am Morgen, dachte sie dazwischen, würde sie den Arzt anrufen müssen.

Für Augenblicke fielen ihr dabei die Augen zu. Dann

schien ihr jedesmal, als säße der eine oder andere ihrer alten *Gäste* neben ihr; sie wurden aber – so wie sie einst an Leben und Kontur gewonnen hatten – nun zunehmend wieder undeutlicher, allein der Alte mit dem Spitzbart ging ganz unbeirrt durchs Zimmer; doch als sie sich an ihn wenden wollte, ihn um den Totenschein zu bitten, war er schon wieder auf dem Weg zur Tür, schon abwesend, im Aufbruch, sie dachte: wie zu einer Reise.

Lassen Sie ihn, hörte sie die Tote sagen, er hat zu tun. Wie übrigens jeder Mensch am Ende des Lebens.

Und tatsächlich sah der Doktor nicht zurück, sondern humpelte entschlossen, mit zusammengebissenen Zähnen hinaus, als hätte er Wichtigeres im Sinn als Totenscheine auszustellen.

Sie vermeinte, fast eine Spur von Einverständnis im Gesicht der Blinden wahrzunehmen; ein winziges Spottfältchen tauchte am rechten Mundwinkel auf. Und immer klarer wurden ihre Züge.

Danach brach nicht rot, nicht golden, der Morgen an; war lediglich als eine graue Fadenspur zwischen Fensterbrett und Vorhang zu erkennen. Ein nebelhaftes Licht breitete sich im Zimmer aus. Noch gab es die Farbe des Tages nicht preis.

Die Zeit danach

Mein blindes Fräulein wurde beerdigt.

Es regnete nicht.

Der Pfarrer sprach von *mutigem Leben*. Mir war, als hörte ich das Fräulein kichern. Die Schwestern hatten helle Sommerhüte auf.

Der ganze Monat Juni blieb schön.

Ich ging wieder täglich ins Institut.

Ich ging zu Ada, das Kleid bezahlen.

Am Nachlaß war nicht viel zu ordnen.

Suchen Sie sich noch etwas aus, sagten die Schwestern, Sie waren ihr doch eine treue Hilfe.

Sie sprachen freundlich zu mir, wie sie gewohnt waren, zu Domestiken zu sprechen. Ich bat die Schwestern um das Kinderbild. Ach, nur das? sagten sie.

Das Kästchen mit der Kette konnten sie nicht finden. Sie wissen nicht zufällig, wo es ist? fragten sie.

Ich wußte es, aber sagte nichts. Im Spiegel sah ich zufällig mein Diebsgesicht und machte mich mit meiner Tasche aus dem Staub. Hörte ich wieder mein Fräulein lachen?

Ich wußte schon, daß Sie wiederkommen, sagte Ada und streichelte den kleinen weißen Hund in ihrem Arm. Dabei brach in ihrem Gesicht etwas auf, als hätten alle Lieben ihres Lebens sich darin eingeschrieben, mit kleinen, zärtlichen Autogrammen, um Mund und Nase eingraviert.

Von jeder Krankheit bleiben Narben. Von jeder Liebe auch, nur schlimmere.

Ach ja, mein Freund Nat kam zu mir zurück.

Bei meiner ersten Lehrveranstaltung saß, wie mir nicht verborgen blieb, ein Aufpasser dabei; ich tat, als ob ich ihn nicht bemerkte.

Man gab sich großzügig im Fachbereich und hielt mir einiges zugute. Man mochte mich doch nicht ans Messer liefern.

Nur manchmal sahen mich Kollegen prüfend an.

Du hast mir nie geschrieben, sagte Nat, als er mit seinem Seesack in der Türe stand.
Du hast mir keine Adresse geschickt!
Es waren unzählige – keine Antwort!
Ich wußte doch, daß du wiederkommst. Nur *daß* ich es wußte, war mir nicht klar.

Als ich – nach Wochen – wagte, das Kästchen zu öffnen, fand ich tatsächlich den Schmuck des Urahns darin und außerdem, zu allem Überfluß, Geld – ein ganzes Bündel in großen Scheinen, alles, was das Fräulein über Jahre von seinem Versehrtengeld aufgespart hatte. Für R. R. – als die mir am nächsten Stehende –, stand auf dem beigefügten Zettel, außerdem alles mir Zugedachte gewissenhaft vermerkt: die Summe des Geldes, die Herkunft der Kette – Libau Anno 1584 –, die Unterschrift meines Fräuleins am Ende und – krakelfüßig daneben – die unseres kaum je nüchternen Briefträgers; er hatte den Zeugen abgegeben. Wieder mußte ich lachen, doch gleichzeitig, wie immer, wenn mich so unerwartet ein Glück trifft, schossen mir Tränen in die Augen.

Ich bewarb mich um die Wohnung der Blinden und bekam sie. Pinocchio schüttelte den Kopf: Wie kann man nur in die Pampa ziehn! Wie kann man solche Häßlichkeit ertragen!
Es ist ja nur von außen, sagte ich.

Ein paarmal las ich etwas von Aljoscha in der Zeitung. Er hat zu einem anderen Blatt gewechselt. Einem besseren.

Nat wohnt jetzt ganz in meiner Nähe, zwei Straßen entfernt.

Einmal bekam ich einen Brief aus Kolumbien. Ich lese nicht viel, schrieb Lilja, habe aber vieles von damals behalten. Manchmal fahre ich durch die Wüste. Allein, im Jeep.

Als wäre er *ins Leben geraten*, hatte Aljoscha einmal gesagt. Es war wohl in dieser Nacht im Garten. Das Wort geht mir noch immer im Kopf herum. So wie Sprichwörter in Familien umgehn.

Ich bin ziemlich gefürchtet im Institut. Insbesondere bei Prüfungen.

Max ist wieder gesund. Er arbeitet jetzt bei einem Verlag.

Alles unterwirfst du deinem Härtetest, schimpft Pinocchio. Manche Studenten, sagt er, lachen über dich. Ein paar Unbeirrte gehn für dich durchs Feuer. Wenige allerdings.

Auf die Habilitation verzichtete ich. Was bei den Kollegen einiges Mitleid, doch auch Befriedigung auslöste. Pinocchio nimmt mir übel, daß ich auf halbem Wege aufgegeben habe.
Aber ich habe zu tun, sage ich. Denn noch immer bin ich mit den *Gesprächen* beschäftigt, werde es womöglich bis zum Lebensende sein. Noch immer fällt mir etwas dazu ein. Ist das ein *halber Weg*?

Humphrey, der ein steifes Bein behalten hat, soll jetzt Taxi fahren.

Brigitta ist an einer anderen Universität und macht Karriere.

Nat liest manchmal abends, wenn er nichts zu tun hat, in meinem Manuskript. Ich sehe seine Piktogramme an. Schaubilder vom inneren Aufbau der Zellen. Die verschlungenen Muster der DNS.

Wie alles zur Symmetrie hinstrebt, sagt Nat. Als ob sich der Zufall ihr anbequemte.

Das Kinderbild der Blinden ist jetzt eingerahmt. Es hängt, zusammen mit dem des Noli me tangere, neben dem Westfenster in der Küche.

Nat denkt, ich hätte mir die Geister *ausgedacht*. Ich lasse ihn in dem Glauben. Er liest übrigens meine Berichte so, wie Kinder Geschichten zu lesen pflegen: Einige Figuren haßt er, andere liebt er. *Bis aufs Blut*, hätte ich beinahe geschrieben. Von manchen will er immer wieder hören. Er versteht sie nicht, aber sie faszinieren ihn. Ich verstehe seine Piktogramme nicht, aber bewundere sie. In solchen Augenblicken muß ich an den Guerillero denken. Nur das, was einer nicht ganz, nicht bis ins Innerste hinein versteht, sagte er doch, kann er schätzen. Oder sagte er: lieben?

Noch immer geht es mit den Straßen draußen kaum voran. Von der sogenannten *Begrünung* gar nicht zu reden.

Was übrigens das Manuskript betrifft, so setzte ich Aljoschas Vorschlag zur Veröffentlichung schließlich keinen Widerstand mehr entgegen. Das Gute an jeder Art von Göttergeschichten ist ja – darin waren wir uns einig –, daß sie keineswegs, wie die Historiker behaupten, innerhalb weniger Jahrhunderte von einigen wenigen Geistern verfaßt worden sind, sondern vielmehr, in der Manier aller Lebewesen, eher selbständig durch die Jahrhunderte wuchern. Daß sie, nicht anders als Algen, Gräser, Bäume, als Fische, Reptilien, Säugetiere Mutationen unterworfen sind und sich im Verlauf der Zeiten, wenn schon nicht vervollkommnen, so doch zu erstaunlichen Gebilden entfalten. Und schließlich, daß es auf die Gehirne, die Gensprünge zu bewirken sich einbilden, nicht sonderlich ankommt. Also, warum sollten wir – zufällig oder einem unergründlichen Gesetz gehorchend – uns nicht einmischen dürfen?

Aljoscha schickt also die Sache an Max.

Und endlich, gestern, wusch ich Maxims Hieroglyphen von der Küchentafel ab. Ich brauche sie nicht mehr; ich weiß sie auswendig.

Die Leoniden sollen erst im Jahr neunundneunzig in voller Stärke *wie ein Regenschauer* wiederkommen.

Zweiter Teil

Die Gespräche

Erstes Gespräch

Virginia Woolf und Robert Walser: Über die Krankheit zum Leben

Der Mann sah aus dem Fenster. Wie er dastand in seinen Wanderstiefeln, die geöffneten Lippen wehrlos gegen den hellen Himmel, als wollte die Welt mit Gewalt in ihn einströmen, und er zu schwach, dem Ansturm standzuhalten, meinte alle Welt, daß er krank sein müsse.

Die Frau mit den Flußaugen lachte gellend. Glauben Sie doch nur das nicht, schrie sie, der Kerl spielt ja nur!

- Sie haben recht, Madame! Man sollte sich jeglicher Krankheit ent-spielen.

- Welcher Krankheit, ich seh keine Krankheit. Sie lügen mir Ihre Krankheit vor!

- Niemals, Hochzuverehrende, mein liebes, langes Leben nicht, hätte ich mir solche Leicht- oder Luftfertigkeit erlaubt.

- Drücken Sie sich nicht so geschnörkelt aus! Sie lügen, wo Sie den Mund aufmachen!

- Aber nicht doch, habe mir längst, liebe Gnädige, jede Unwahrhaftigkeit aufs strengste oder entschiedenste, sozusagen bei Strafe verboten. Allenfalls ...

- Allenfalls?

- Schwindle ich eine Spur, nur ein klein wenig ... ein

Quentchen ... in meinen Geschichten, dort, wo es auf die reine Wahrheit ankommt.

- Sie verkleiden sich, Freundchen! Das ist so gut wie schwindeln. Oder schlimmer.

- Gefällt Ihnen mein Anzug?

- Eine Todsünde ist Unwahrheit ... für einen Schreiber.

- Ganz recht. Sehn Sie, es ist ja auch der Todesanzug. Bekam ihn vom Bruder, der freiwillig aus dem Leben ging.

- Ich meine nicht Ihre Lumpen, unter denen Sie sich zu verstecken belieben. Sie sind ein ausgemachter Poseur!

- Und Sie ... Sie haben etwas Nofretetisches.

- Sie verkleiden sich prächtig mit Ihrer Krankheit! Wobei allerdings Sie nicht der einzige sind. Man kennt die Typen. Das hält sich stets aus allem heraus. Aus dem Denken vor allem! Der Geistesanstrengung. Das jätet lieber Unkraut in der Irrenanstalt; das lebt friedlich dahin und spiegelt Genie vor. Ich aber werde es Ihnen versalzen! Ich will der Menschheit reinen Wein einschenken.

- Schenken Sie! Schenken Sie!

- Nun also, mein Freund: Ihr Wahnsinn ist simuliert! Simuliert. Fantasiert. Gut erfunden.

- Meinen Sie ... wirklich?
Sie glauben tatsächlich ... ich hätte geschafft,

den Leuten Sand in die Augen zu streun?
Ich war also gut?

- Nicht gut, nicht schlecht. Nur perfekt, allenfalls.

- Sie machen mich stolz. Sollten Sie mich nicht loben dafür?

- Wie man einen Schmierenkomödianten lobt!

- Auch Sie erscheinen in der Schauspielkunst nicht unerfahren.

- Sie, junger Mann, Sie hüllen sich in Ihren Stupor wie in einen Königsmantel ein. Wärmt er Sie? Der idiotische Ausdruck, wenn Sie verzückt vom Gäbris hinunter ins Land schaun, verbirgt er die Läsionen Ihres Herzens?

- Und der Furor, Gnädigste, die Tobsucht, die Sie sich von Zeit zu Zeit gestatten; plötzlich und unerwartet beim Frühtee, wenn Sie auf Ihre ahnungslosen Pflegerinnen losgehn, Ihre kreiselnde Wut, macht sie Sie wie einen Derwisch unberührbar?

- *Meine* Krankheit ist echt. Wohingegen Sie, mein Lieber, sich nie bis zum Grund der Ihren begaben.

- Die Tieftauchkunst derart vorzuführen ... ach, meine Liebe, Sie wissen doch, daß ich genierlich bin.

- Ein Tablettchen zu wenig immer! Am Handgelenk die Pulsader verfehlt! Alleweil hübsch an der Oberfläche: Am Fluß den Stein aus der Tasche geworfen!

- Dagegen Ihre Inszenierung – wahrhaft bühnenreif: Der letzte Brief, der letzte Weg ...

- Wissen Sie denn, Sie, Sie ... Dichterling, ahnen Sie, wie weit er gewesen ist? Durch den Garten, die endlose Straße durchs Dorf, den Abhang hinunter, über Unkraut und Schotter, so lang ...

- Ihr Stock, das letzte Zeichen, eindrucksvoll am Ufer im geknickten Gras!

- Haben Sie jemals am Wasser gestanden? O nein! Sie verkrochen sich in der Klinik! War es angenehm dort? Ein stilles Plätzchen? Wie war die Verpflegung?
  Sich's in der Irrenanstalt gemütlich gemacht!

- Gemütlicher wäre gewesen, sich wie gewisse Leute fortzustehlen. Aus dem Haus. Aus der Welt. Was allerdings hieße, sie ernst zu nehmen. Wie unelegant!

- Sie wollen mir Eleganz absprechen?

- Wir reden von der Eleganz der letzten Dinge, Gnädigste!

- Ich bin nicht zu beleidigen.

- Und ich der letzte, der das nicht wüßte.
  Pardon!
  Verzeihen Sie!
  Ich weiß, Sie haben lange durchgehalten.

- Zu lange. Und täglich wieder fragte ich mich, ob der Aufwand lohnt. Die Anstrengung, sich aufzuschminken.

Die Fassade zu halten.
Die Irrsinnsmaske, die die Haut zerfrißt.
Und wofür? Wofür, junger Mann?

- Für nichts und wieder nichts, meine kluge Freundin. Nur für unsere kleinen, bescheidenen, unsere unbedeutenden und subversiven Schreibereien.

- Haben Sie subversiv gesagt? Sie glauben ...
man hielte es dafür?

- Subversiv und schlimmer.

- Unsere Machwerke ... für gemeingefährlich?
Phantastisch!
Ah, was für ein Glück!

- Ich schlug kürzlich Ihr Buch auf und sah den Baum vor Ihrem Fenster, eine ganz gewöhnliche Eiche, die war durch die Schichten der Erde gewachsen, durch Wasser und Stein, durch Adern von Silber und Blei, abwärts und seitwärts sich verzweigend, die Wurzeln wie Skelette in der Erde, ich stellte mir seine Lebenszeit vor, all die Sekunden, die er gebraucht hatte, die Minuten, Stunden, die Tage bis dahin, die Wochen, Monate ...

- Die Jahre, mein Freund ...

- Ich dachte seinem Baumalter nach, doch schließlich hörte ich auf zu denken, denn ich wußte, hätte ich weiter gedacht ...

- Ich schlug *Ihr* Buch auf und sah Sie im Wald spazieren,

immerfort müssen Sie ja spazierengehn, ich sah den Riesen Tomzack durch die Bäume kommen, auf Sie zu – auf Sie oder mich? –, der war nicht alt und nicht jung, der hatte weder Gegenwart noch Zukunft, war wie ohne Zeit, war hunderttausend Jahre alt und mußte ewig leben, hatte aber schon ewig gelebt; und wie ich versuchte, das auszudenken, sah ich die Reihe seiner Ahnen aufmarschieren, die Jäger und Bauern, die Fischer, Soldaten und Priester und Diebe, und ein Gehenkter baumelte am Galgen, da warf ich das Buch weg und lief in die Küche und zog mir die Jacke über den Kopf, doch das Bild konnte Wände und Stoff durchdringen, da hörte es endlich zu denken auf, denn mir war, als würde die Hirnschale reißen ...

- Ich spürte Wurzeln durch meinen Kopf wachsen. Dachte, mir könnte der Schädel springen.

- Und einmal, beim Lesen, hörte ich, wie die Vögel im Garten griechisch sprachen. Wissen Sie, was das bedeutet? Ahnen Sie ...

- Kommen Sie! Still, Frau! Beruhigen Sie sich! Schaun wir aus dem Fenster!

- Danke. Danke, mein Freund.

- Morgen, wenn es wieder hell ist, sehn wir weiter.

- Morgen ... fangen wir wieder an ...?

- Ein neues Kapitel!

- Und schreiben, schreiben, bis es dunkel wird ...

- Damit sie es wissen.

- Wer?

- Die Leser. Unsere Freunde. Unsere einzigen übrigens.

- Haben Sie Freunde? Ich nicht. Freunde!
  Ich lache nur!
  Und ausgerechnet diese sollten wir verschrecken?
  Daß sie die Welt erfahren wie wir?
  Eine Zumutung, junger Mann!

- Sie verstehen uns ja nicht. Das heißt: Sie verstehn uns, doch niemals *gänzlich*, nie bis zum guten oder schlimmen Schluß.

- Da frage ich nur: Warum denn lassen sie sich mit uns ein? Weshalb hören sie uns, den Verrückten, zu?

- Eben darum. *Weil* sie uns dafür halten. Weil wir uns selbst dafür halten. Und weil sie glauben, alle Verrückten hätten ein geheimes Wissen.

- Das gefällt Ihnen, Sie Schamane, nicht wahr? Sogar im Irrsinn noch Ihr Publikum zu gängeln.

- Ich würde eher von Teilen sprechen, den Wahn-Sinn mitteilen.

- Wie man Drogen teilt? Seien Sie ehrlich: Wissen wir etwas?

- Jeder Berauschte weiß etwas.

- Ich sah gestern im Wald den Klee nach einem festgelegten Muster wachsen.

- Und jeder, der weiß, will das im Rausch Erfahrene seinem Nächsten weitergeben.

- Und ihn in Gefahr bringen! In Lebensgefahr! In Todesgefahr! Aber warum bloß? Was treibt uns, die sogenannten *einzigen Freunde* zu verderben?

- Die Feigheit, liebe Verehrte. Nichts sonst.

- Suchen wir also nur Komplizen? Todeskomplizen?

- Lebenskomplizen!

- Wissen Sie, was? Sie pokern, mein Freund!

- Zweifellos. Doch Sie nicht minder.

- Sie und ich, wir spekulieren, nicht wahr, mit den Gefühlen unserer ahnungslosen Leser.

- Mit ihrer Freude, ihrer Hoffnung, ihrem Haß.

- Wir kalkulieren und finassieren.

- Manipulieren wie die Börsenmakler.

- Nur gerissener, geriebener, junger Mann!

- Wir hauen unsere Freunde übers Ohr!

- Bis sie kränkeln!

- In Fieber geraten!

- Und aus der Fassung!

- Daß sie es zu spüren bekommen ... wie wir!
Ah, all die falschen Schwüre, die langsam und stetig das Blut vergiften, die Nadelstiche, die das Herz verletzen, sie sollen sie auch fühlen. Den Phantomschmerz nach so vielen amputierten Lieben.

- Aber doch auch die Begeisterungen, die Räusche, die unbeschreibbaren!

- Ja, die vor allem!

- Ach, hören wir auf, Mann. Es führt zu nichts.

- Irrtum. Es härtet ab. Mischt das Leben auf!

- Sprechen Sie offen, Freund, wenn Sie mein Freund sein wollen. Sollte man uns nicht hinter Gitter bringen? In Isolationshaft halten, so lange, bis sich mit der Zeit das Gehirn entschärft. Oder ... bis sie – die Freunde – uns vergessen?

- Das können sie nicht. Sie sind längst infiziert. Schon entzündet wie wir. Das heißt, wenn sie richtig ... bis zum Grund des Buches lesen.

- Was treibt sie aber in Dreiteufelsnamen? Was könnte Menschen dazu bringen, all dieses ... unser lächerliches Unglück mitzuleiden?

- Was hielten Sie von Pflichtbewußtsein?
  Ich meinte: Freundespflicht.

- Was für ein dummes Wort! Längst obsolet geworden!
  Die Menschen lachen über solche Wörter.

- *Die Menschen* vielleicht. Aber *der Mensch* ist anders.

- Ohne Feuer heutzutage! Ohne Kraft! Ohne Leidenschaft!

- Glauben Sie doch den Experten nicht! Der Mensch: Immer
  noch anders als in den Lehrbüchern beschrieben. Immer
  noch: mutiger, stärker!

- Es war einmal, Herr ...

- Dann soll es wieder sein! Dann müssen wir ihn wieder
  befeuern.

- Koste es, was es wolle?

- Ich meine: um jeden Preis!

- Gut.
  Es ist gut. Wir werden ja sehn!
  Machen wir die Probe aufs Exempel!
  Also mögen sie zahlen!
  Mit ihrer Krankheit, ihrer Verzweiflung. Ihrem Rausch.
  Setzen wir ihnen die Preise herauf!

- Mitleidslos, ja, gewissenlos
  wollen wir sie infizieren, fügen
  wir ihnen Verletzungen zu,

auf daß Narben in ihren Seelen entstehen,
die haben bekanntlich die Neigung zu wuchern,
das wird – wie wir hoffen – weiterwachsen,
womöglich wird es sich vererben,
durch einen Gensprung auf ihre Kinder kommen
und deren Kinder und Kindeskinder …

- Was jetzt?
  Wohin so plötzlich, Freund?

- An die Arbeit!

- Sie meinen: an die Geschichten?

- Was sonst? Da, hören Sie, die Vögel draußen, schon wieder
  in einer anderen Sprache!

- Psst! Schweigen Sie, Mann. Verraten Sie nichts!

Zweites Gespräch
Dylan Thomas mit sich selbst: Über Unsterblichkeit

Einer besonders, der mit der Krächz-, der Säuferstimme, war wieder dabei und suchte sich den besten Sessel aus. Er nahm einen langen Schluck aus der Flasche und verfiel in Schlaf. Aber er schlief nicht. Erregt und wütend vor sich hinknurrend, schien er seine Feinde zu verfluchen, eine ganze Armee von Widersachern.

– Das ist die Saat,
die Saat der letzten falschen Sänger.
Verdammt sollt ihr sein, Geschichtenmörder!
Die ihr wie Unkraut aus dem Boden schießt!
Erklärer ihr, die ihr euch Dichter schimpft,
mit euren Gelenkknochen aus Titan,
blendend schön die Prothesen, Auge und Zahn,
in eurer eisernen Gesundheit unerschütterlich ...
Ich verfluche euch, wie ich euch wieder sehe,
auf alten Trottoiren immer noch,
genialisch an Leib und Geist erstarrt,
seid ihr doch unfruchtbar, taub,
wie Nüsse nach schlechten Sommern taub sind,
unfähig, euch Nachwuchs zu schaffen,
kaum daß ich ein Kind sehe,
kein Kind mehr auffindbar unter euch Greisen;
und falls euch – durch Zufall – doch eins noch entspringt,
wird es gebunden, geknebelt, betäubt,
heimlich seiner wichtigsten Glieder beraubt,
seiner Beiß- und Reißzähne;
von euren Konterfeis gespiegelt, tausendfach,
wird es umstellt,

zwingt ihr es in die Kerker eurer Theorien,
Lehrsätze, Thesen, Philosophien,
bis es euch gleicht ...
Kein Kind! Kein Kind!
Nichts Junges mehr weit und breit!
Wer aber war es denn, wer,
der euch die Welt erst erfand
und das Rad und das Wasser,
den Schaum auf dem Bier?
Den wilden Westen und die Feuersalamander?
Wer, wenn nicht einer von diesen:
Tagträumern, Nachtschwärmern,
Stadt- und Landstreichern?
Wer, wenn nicht so ein junger streunender Dachs
wüßte sich Teufel zu fabrizieren,
Engel desgleichen,
einen Freund, der mit ihm durchs Feuer reitet,
und Götter, die aus einer Ackerfurche springen;
der Menschen in Bäume verwandeln kann
und einen König in ein Sternbild –
Herkules, Ikarus und Gagarin!
Marilyn, Superman, Magic Johnson! –
Ihr habt, was jung und heiß war, umgebracht!
Ihr habt sie – Verbrecher ihr – hingemordet,
mitsamt ihren Reittieren, See- und Raumschiffen,
ihren Erfindungen, Dichtungen, Lügengeschichten.
Dort aber, wo Geschichten sterben,
stirbt der Mensch.
Auch wenn ihr noch über die Erde hinkt,
euch von der Ernte der Väter ernährt,
wenn ihr noch immer freßt und verdaut,
so seid ihr doch tot!
Was machts? Ich lache!

Vor Lachen brüll ich und sage euch:
Dort, wo der Mensch tot ist, ist er *ganz* tot.
Wohingegen die Geschichten, eh sie sterben,
noch Samen in alle vier Winde streuen ...
Und ihre Samen, sag ich, werden keimen
und wachsen und Blüten treiben!
Da wird sich kopuliert und bestäubt,
oder in Parthenogenesis
eine gänzlich neue Spezies gemacht.
Nur eben diesmal anders herum.
Wart ihr einmal, als ihr jung wart, fruchtbar,
so werden es jetzt die Geschichten sein,
die, sich fort und fort zeugend,
Kinder machen,
Geschöpfe vielleicht von unserer Art,
nur schöner, nur wilder, lebendiger .
Das wird nicht lange mehr vergraben sein,
das schläft nur eine kleine Zeit,
nur einen Tag lang bis zur Dämmerung,
am Abend wird es keimen, wachsen,
wieder treiben
und kopulieren, Zombies, ohne euch!

Drittes Gespräch

Albert Einstein und Pablo Picasso: Über das vollkommene Werk

Die beiden Alten stiegen, ins Gespräch vertieft, gestikulierend die Treppe hinauf. Der Rundkopf zog den Schlüssel aus der Tasche. Er schloß, als wäre es die seine, die Wohnungstür auf und machte es sich sogleich bequem. Der Löwenkopf – lang auf dem alten Küchensofa ausgestreckt – klopfte umständlich seine Pfeife aus wie jemand, der einer Idee nachhängt, zu der ihm aber die Worte fehlen. Doch welche Worte zu welcher Idee?

- Warten, mein Lieber, man muß zuwarten können,
Tage, Wochen, manchmal Jahre ...
bis das Ergebnis geruht, einen Schatten
zu werfen.

- Sie mögen warten bis zum Sankt Nimmerleinstag,
verehrter Professor, es gibt kein Ergebnis.
Kein endgültiges jedenfalls.
Nichts kommt, rein gar nichts mehr
wie früher noch zum Abschluß,
kein Bild, kein Buch, kein Mensch zum guten Schluß.
Und Ihre Rechnungen schon gar nicht!

- Geduld bringt Rosen; man muß nur zehnmal,
hundert-, tausendmal beginnen ...

- Selbst wenn Sie auf Millionen Wegen hetzen, mit hängender Zunge das Ziel ansteuern, es wird eine Fata Morgana sein. Immer wieder wird einer erscheinen, mein Freund, der Ihnen die Sache durchkreuzt. Ein bleichgesichtiger

Doktorand, soeben aus dem Hörsaal gestolpert, noch naß hinter den Ohren, wird Ihr Falsifizierer. Und mit der Weltformel ist es nichts.

- Sind Sie nicht der, der stets ins Unberechenbare sucht? Wonach denn, wenn nicht nach der endlichen Vollendung?

- Ich suche nicht, ich finde, mein Herr.

- Hypokrit! Ich habe Sie lange beobachtet. Von dem Gemälde *La Garouche* zählte ich siebenundfünfzig Vorentwürfe.

- Nicht *ich* malte. *Es* hat gemalt. Sie werden es nicht für möglich halten.

- Das kommt vor, allerdings. Auch ich erfuhr, daß *es* rechnete. Ganz ohne mein Zutun.

- He, he! Was reden Sie von Dingen, die Sie nicht verstehn. Die nur ein Künstler verstehen kann!

- Es war Herr Kekulé, ein Chemiker, der den Benzolring *im Traum* erfand.

- Sagten Sie Traum? Sehn Sie, ich wußte, daß Sie nichts begreifen. Nichts von Bedeutung entsteht *im Traum*.

- Pardon! Ich habe mich ungenau ausgedrückt. Es war nicht *im Traum*. Es muß exakt im Augenblick gewesen sein, da er erwachte. In diesem Bruchteil einer Sekunde, wenn das Denken – unberührt vom Bewußtsein – noch gänzlich unerweckt sein Spiel beginnt.

- Schon besser! Aber: Achtung, mein Freund! Der Spieler bin ich!

- Ich behaupte: Das Spiel war lange *vor* der Kunst.

- Dann frage ich Sie: Wer brachte es wohl da hinein?

- Und alle Wissenschaft entstand aus Spiel.

- Wollen Sie mich etwa imitieren, Mensch?

- Spiel ist im Anfang und im Schluß von jeder Rechnung. Von jedem Satz und jeder Form.

- Wollen Sie sich etwa über mich erheben? Ich rate ab!

- Das würde mich ... eh, wohl ziemlich anstrengen.

- Halten Sie sich etwa für den Größten?

- Keiner von uns beiden, Meister, könnte jemals über den anderen hinweg.

- Möchten Sie mich überragen?

- Ich sage doch, es wird kaum möglich sein.
  Immer wird der, der im Augenblick unten liegt, seine Kräfte wieder sammeln; wird in einer Art Geistesfuror seinerseits den Überwältiger zu Boden zwingen.

- Sie führen etwas im Schilde, Professor! Sie suchen Streit!

- Streiten kann man nur mit einem Bruder oder guten Freund. Mit den anderen macht es keinen Spaß.

- Ein Kompliment, für das ich mich bedanke. Soll ich Ihnen einmal *meine* Auffassung von Spaß beibringen? Pah, Sie würden nicht einmal den verstehn! Sie sind kein Künstler!

- Dafür danke ich Gott.

- Welchem?

- Nicht dem Ihren. Dem meinen.

- Dem, der nicht würfelt, meinen Sie? Dem Sie im geheimen immer noch anhängen?

- Man plagt sich redlich ...

- Da! Sie gebens zu! Sind womöglich, geschwächt durch das Alter, schon eine Beute der Pfaffen geworden?

- Man plagt sich, sagte ich, doch der prekäre Gott Spinozas hat uns das Knieen schwer gemacht ... das Knieen, das Glauben.

- Ich behaupte: unmöglich!

- Schwerer jedenfalls, als unsere Väter jemals ahnten.

- Schwören Sie etwa ab? Was höre ich? Kommen wir uns näher?

- Ich bin nicht sicher. Sollten wir unsere entgötterte Welt am Ende schließlich auch noch *entwundern*?

- Den Einwand lasse ich gelten.

- Das Schöne ist, daß wir uns mit der Anerkennung des Wunders bescheiden müssen, ohne die Möglichkeit, sich ihm anzunähern.

- Sehn Sie, Sehn Sie, Professor, Sie stimmen mir zu!

- Da ist kein Weg, Meister, in alle Ewigkeit nicht. Und doch, aber doch, wie ich sagte: auf der Suche noch immer, dem Bewundernswerten auf der Spur!

- Das allerdings, da stimme *ich* zu!

- Hinterhergehetzt, ja, ohne Pause, täglich, stündlich ...

- Wenn *es* malt.

- Wenn *es* rechnet.

- Hechelnd.

- Getrieben.

- Gehetzt.

- Gepeitscht.

- Als hätte man uns eine Unruh eingebaut.

- Schlaflos.

- Lebenslos. Sagen Sie, Bruder im Geist, sind wir zu schnell dem Leben entflohn?

- Was verstehen Sie unter *Leben*?

- Diese Dreifach-Kraft: Ich sehe die Frau. Ich besitze sie, was heißt: Ich zertrümmere sie. Ich erschaffe sie aus ihren Scherben neu.

- Ich beobachte das Universum. Ich addiere ein zweites, simuliertes dazu. Ich ziehe die Wurzel aus beiden. Übermenschliche Anstrengung!

- Schinderei, allerdings.

- Galeerenarbeit. Menschenunwürdig. Und die Welt weiß nichts davon. Immerhin gibt es Ausnahmen. Stimmen Sie zu?

- Einige, verschwindend wenige, die wissen, Professor! Ich stimme zu.

- Verrückte, ja, Besessene wie wir. Und zwar in *jeder* Profession. Egal, ob Künstler, Wissenschaftler, Sportler, Maurer. Ein Zimmermann entwirft sich ein Schiff, baut Tag und Nacht daran herum, ungeachtet der Zeit, der Kraft, der Meinung der Menschen, ohne Hoffnung auf Lohn oder Ruhm, auf die endliche und glückliche Vollendung ...

- Die es ja nicht gibt, Professor!

- Ich stimme *nicht* zu.

- Verräter! Noch eben mimten Sie den Gleichgesinnten ...

- Nur in Marginalien!

- Noch eben waren Sie, was das *Vollendete* betraf, im Zweifel.

- Ich sagte: ohne *Hoffnung* auf Vollendung. Ein phänomenaler Unterschied! Denn manchmal, an einem glücklichen Tag, unter besonderen Umständen, bei einem bestimmten Wetter kann es geschehen ...

- Nichts! Nichts geschieht! Nichts Vollkommenes auf dieser Erde! Kein *vollkommen* gelungenes Werk. Kein *gänzlich* geglückter Lebenslauf.

- Ich behaupte das Gegenteil.

- Beweisen Sie es!

- Schwer, schwer ...

- Versuchen Sie, Ihr *Vollkommenes* zu schildern, Ihr sogenanntes ... Dreimal dürfen Sie antworten. Sie haben drei Antworten frei.

- Nun also: Ihre *Demoisellen* sind bedeutend. Man könnte sagen: ein Meisterwerk.

- O ja. Jawohl. Man hält es dafür.

- Oder sollte ich von einem Jahrtausendwerk sprechen?

- Sprechen Sie ruhig. Warum nicht? Allerdings benutzten Sie den Konjunktiv. Man könnte ... sollte ... Und ich vermißte das Wörtchen *vollkommen*. Zum Glück benutzten Sie es nicht. Denn ich *will* es nicht! Ich lege keinen Wert darauf, unserem unvollkommenen Universum mit Kunst und schönen Farben aufzuhelfen. Wenn Sie verstehn, was ich meine. Nun, wie weiter? Der zweite Versuch!

- Ich muß überlegen.

- Es wird zu nichts führen. Ich sagte es schon.

- Aber kürzlich, Meister, an einem regnerischen Morgen, nach einer heißen Nacht mit unserem örtlichen Postamtsleiter geht meine Köchin daran, eine Fischterrine zu kreieren. Sie läuft zum See hinunter, sie holt frische Plötzen, sie denkt nichts, sie fühlt nichts, sie arbeitet einfach so vor sich hin, und ich versichere Ihnen, es wurde eine einzigartige, eine sozusagen *vollkommene* Terrine, fast alle Düfte der Landschaft darin versammelt, ein Hauch von Kiefern-, Moor- und Sandgeschmack, es war die Terrine der Terrinen. Wenn Sie mir folgen können ...

- Ich folge. Hätten Sie doch aber das Wörtchen *fast* nicht gebraucht! Und die Einschränkung *sozusagen*. Jetzt haben Sie noch eine Antwort frei. Wenn Sie es kurz machen möchten.

- Ich fasse mich kurz. Ich sage nur den Namen: *Morandi*.

- Morandi? Ha, daß ich nicht lache!

- Ihr Lachen verrät Sie.

- Wer ist Morandi?

- Sie wissen es. Jeder, der nur im kleinsten Finger ein Gespür für das Außerordentliche hat, kennt ihn, jeder Künstler *erkennt* ihn.

- Ich nicht. Ich kenne einen Hinterwäldler aus Bologna, wahrscheinlich Kleingärtner, der vierzig Jahre, sein liebes langes Leben lang, vor sich hinpinselte und über seine Nasenspitze nicht hinaussah.

- Niemand kann einen Morandi entwundern.

- Die Welt bewundert *mich* wie keinen sonst.

- Vor seinen Bildern stehn die Leute stumm.

- Wissen Sie, wovor ich kürzlich stille stand?
  Mein Gärtner zog auf seinem Komposthaufen einen *nahezu vollkommenen* Kürbis von sozusagen gigantischem Ausmaß, ein herrliches Gewächs, in einem göttlichen, beinahe unnachahmlichen Orange, es war der Kürbis aller Kürbisse, man sprach von einem Jahrhundertkürbis; da sehn Sie, wo das *sozusagen fast Vollkommene* gedeiht. Auf dem Dung. Auf dem Dung. Und wie selten es sich ereignet.

- Dem Mann aus Bologna gedieh es ungezählte Male.

- Ach, seien Sie still!

- Er besaß das Genie, es sich ereignen zu lassen.
  Er, Giorgio Morandi.

- Ich will den verfluchten Namen nicht hören!

- Eifersüchtig? Sie ... Vielberühmter, Weltbewunderter überlassen sich der elendsten aller Regungen?

- Ich werde Sie zum Schweigen bringen.

- Es wird nichts nützen.

- Noch ein Wort und ich schlage Sie zusammen!

- Nur zu! Egal, ob Sie mir den Schädel spalten, ob Sie mich zum Verstummen bringen, es ist auf jeden Fall zu spät. Denn schon ist der Name in aller Munde. Schon viele Namen in vielen Mündern. Und Werke auch! Ich behaupte noch immer: Sie sind da, in der Welt, wenn auch nur selten, wenn auch nur mühsam aufzufinden; es gibt sie, zumindest ruhend in einigen Köpfen, das, Freund, ist das Wunder: daß es *vollkommen* in den Köpfen schlummert; doch wehe, die Menschheit wird faul im Kopf, wehe, der Gelehrte, der Kürbiszüchter vergißt seine Pläne: den Lebensgrundriß, den Werksentwurf, die Welt bliebe auf der Stelle stehn! Weh euch, ihr Künstler! Zum Glück ist es noch nicht soweit.
  Ah, all die Bilder in den Gehirnen, die großen Geschichten, die ganzen unversehrten Ideen! Das wird bewundert und weiterberichtet, gewaltige Echos allenthalben, he, nehmen Sie die Finger aus den Ohren und hören Sie, hören Sie, wie es schallt.
  Hören Sie nicht?

Viertes Gespräch

Che Guevara und Marilyn Monroe: Über Liebe und Tod

Die Blonde, am Strand von Santa Monica, schaute den Uniformierten an. Der glich noch nicht dem berühmten Bild – dem mit den Locken und der Mütze und dem Stern –; mit seinem Cowboyhut und der Havanna schief im Mund sah er eher wie ein Urlauber aus. Obgleich er sie nicht wahrzunehmen schien, blieb ihm die Blonde auf den Fersen.

- Ich möchte dir einmal mein Leben erzählen, dieses mein wunderbares, außergewöhnliches, absolut einzigartiges Leben.

- Nur zu, meine Schönste! Ich werde hören.

- Verdammt! Nicht einfach hören, *zuhören* sollst du!
  Ich meinte auch nicht einfach: mein Leben …

- Ist es interessant?

- Es scheint, du verstehst nicht. Mein ganz spezielles, unverwechselbares Leben will ich dir erzählen.

- Ach, das! *Nur das*?

- Mein ureigenstes! Nicht eins von diesen, wie sie Zanuck und Konsorten für die Paparazzi zusammenschneiderten. Mein wirkliches, wahres!

- Erzähl sie mir alle!

- Was ... alle?

- Alle wahren.

- Aber es gibt nur ein *wahres*. Für jeden nur eins!

- Bist du sicher, Blondie? Was, wenn die hundert anderen wahr sind, dein ganz spezielles dagegen nur ausgedacht?

- Sein Leben lebt man und denkt es nicht aus.

- Daß du dich nicht irrst! Ich schaue herum, in drei Kontinenten sah ich mich um und entdeckte: Jeder Mensch denkt sich aus. Jeder in jedem Moment. Alle diese Leben unablässig, unaufhörlich ausgedacht. Schau nur aus dem Fenster, sieh das Mädchen drüben am Hot-dog-Stand, ich schwör dir: Es verkauft keine Hot dogs, es zählt nicht sein Geld; o nein, es sitzt am Steuer seines Chevy und fährt winkend den Sunset Boulevard hinunter; wohingegen der Müllmann draußen, während er scheppernd die Tonnen leert, in diesem Augenblick auf seinem Zweimaster die Leinen losmacht, im nächsten schon den Golf von Mexico erreicht ... Und du, du selbst, wenn du mit Joe Dimaggio schläfst, ist es wirklich dieser eine, ganz spezielle, unter dem du liegst, oder ist
es ein anderer oder sind es viele andere? Liegst du wirklich oder hängst du irgendwo, gefesselt an den Handgelenken ... an Händen und Füßen in Ketten, Blondie? Dein wirkliches, wahres Leben, mein Stern, ist wie der beste Film von dir, aus Tausenden von Takes zusammengeflickt, die *wirklich wahren* Filme sind so. Zusammengeflochten, zusammengeschwindelt.

- Ich lüge in meinen Filmen niemals!

- Ich weiß. Ich habe mich nicht richtig ausgedrückt. Es war wohl nicht das richtige Wort. Du lügst nicht, du erfindest dich nur.
  Heute, morgen und immer, in jeder Sekunde entwirfst du dich. Und je länger, je verzweifelter du dich bemühst, desto wahrer kommst du heraus. Du wirst nie je damit aufhören können, denn stets wirst du dich noch verbessern wollen. Mach weiter, Blondie! Wie du dich diesen Augenblick denkst, so wird dein Leben gewesen sein.

- Hirnrissig! Hättest du recht, so würden wir ja allesamt nicht vorwärts in die Zukunft leben, sondern rückwärts in die Vergangenheit!

- So scheint es. So ist es.

- Und das wäre so gut wie *gar nicht* leben.

- Möglicherweise.

- Das wäre so wie sich selbst auslöschen. Aber ich, ich bin hier! Du kannst mich sehen, fühlen, schmecken.
  Sieh mich an! Mich! Mich! Mich!

- Ich sehe dich an.

- O nein. Du siehst über meinen Kopf, meine Augen, über einen Ozean hinweg ins Weite.

- Richtig. Deine schönen Augen würden mich blenden.

- Das ist dein Trick, Casanova, eh? Indem du über alle wegsiehst, mußt du *keine* ansehn.

- Liebe – die wirkliche, wahre – muß nicht so nah sehn.

- Du liebst mich also? Wirklich und wahr?

- So wahr, wie du mich liebst.

- Das – wie ich es verstehe – würde heißen: unbeschreiblich, unermeßlich ... über alles Maß.
Seit wann liebst du mich, Guerillero?

- Seit ich dein Bild sah.

- Welches?

- Das im weißen Badeanzug, das so natürlich erscheint, als hätte es dein Boyfriend zufällig am Strand von Santa Monica geschossen.

- Als ich dein Bild sah ...

- Welches?

- Das auf dem Boot im Halbprofil, das mit den Locken auf den bloßen Schultern ... auf dem du schaust, als wolltest du dem Meer befehligen.

- Da liebtest auch du mich. Ich weiß. Wie alle ...

- Ich bin nicht alle!
Komm. Komm näher zu mir. Ich will es beweisen.

- Wie nah?

- Daß dein Herz meinen Herzschlag spürt.

- Vorsicht, Liebste! Es könnte Interferenzen geben und eines löschte das andere aus.

- Näher, Freund, näher! Brich durch die Haut!

- Wozu?

- Daß ich dich erkenne. Daß du mich erkennst!

- Nur das nicht!

- Daß du mich verstehst, wie ich mich selbst verstehe.

- Kein Mensch ist imstande, sich selbst zu verstehn.

- Keiner?

- Nicht einer.

- Ja, wie? Das hieße: daß, wenn kein einziger Mensch sich selber verstünde, er auch keinen anderen verstehen könnte.

- Ganz recht.

- Du behauptest also, mich nicht zu verstehn?

- So wenig, wie du mich verstehst.

- Jetzt siehst du, wie beschränkt du bist! Denn du versichertest gerade, du liebtest mich.

- Eben drum! *Weil* ich dich nicht verstehe.

- Das Dümmste, was ich jemals hörte!

- Hast du, Blondie, Joe Dimaggio verstanden? Deinen berühmten Arthur? Oder John F.?

- Zu gut! Zu gut!

- Also hast du sie nicht geliebt! Ich habs geahnt.

- Du willst allen Ernstes behaupten, die Menschen könnten nur lieben, was sie nicht verstehn?

- Exakt. Und solange sie es nicht verstehn.
  Solange sie *sich* nicht verstehn.

- Ich habs geahnt: Was weiß schon ein Soldat von der Natur der Liebe?

- Es ist die Natur der Liebe, in den Himmel zu wachsen.
  Im Moment, da die Bäume sich selbst, das heißt: ihre Beschränkung begreifen, hören sie auf der Stelle zu wachsen auf. Was bedeutet: zu lieben.

- Mag schon sein. Doch ich, Freund, bin längst über die Natur hinaus.

- Siehst du, wie gut du dich verstehst.
  Wie gut wir beide uns – plötzlich – verstehn!

So ist es also auch zwischen uns vorbei.

- Heuchler! Ignorant! Der du sprichst wie alle: alle Playboys, Cowboys, John Waynes zusammen! Was hör ich dir zu? Ich frage mich, ob ich dich nötig habe, zerlumpt wie du bist, stinkend nach Blut, Schweiß und Dreck, dich ausgerechnet, wo mir Hunderttausende zu Füßen liegen!

- Habe ich dich nötig, trauriges, stolperndes Stück Verzweiflung, dich, Unglücksfee im Chinchilla, wo meine Bilder an Millionen Wänden hängen!

- Als ich einmal in Korea vor Soldaten sang, war da unter mir ein Meer, ein Ozean aus Fleisch und Blut. Ich hätte hineinspringen mögen.

- Als wir zum Ufer des Piraymiri kamen, fanden wir ein verwundetes Mädchen, das machte im Sterben das Victory-Zeichen. Wir kannten uns nicht.

- Es war ... es war wie eine einzige Umarmung!

- Ich starb mit ihr. Es war die äußerste ...
die äußerste Vereinigung.
Ist jemals einer, Blondie, für dich gestorben?

- Ich war sie. Sie waren ich.

- Ganz recht. Du warst nicht mehr du.

- Der Ozean trug mich.

- O ja. Aber hatte er ein Gesicht?
  Erkannte er dich?

- Ich möchte dir *dein* Gesicht zerkratzen.
  Deine verhohlene, verstohlene Siegervisage!

- Gib auf, mein Herz!

- Beantworte mir noch eine Frage, Blutsbruder, verfluchter: Wenn dir die Liebe also nur im letzten Augenblick erscheint und noch dazu als Mißverständnis, warum nimmst du dir dann keinen Strick?
  Warum, wenn wir die echte nie erfuhren und uns die ordinäre nichts wert ist,
  warum leben wir noch?

- Aus Liebe, Blondie!

- Zu wem, möcht ich wissen!

- Zu den Millionen und Abermillionen, die wir nicht kennen. Aus verrückter, übernatürlicher Liebe zu dem kleinen G.I., der in Vietnam sein Wildwestspiel weiterspielt, bis er unter einem Eukalyptusbaum verblutet.

- Zu dem kleinen, erst halb erwachsenen Mädchen, das nachts an der Brooklyn Bridge seinen Prinzen trifft, der sich im ersten Morgenlicht als Frosch entpuppt.

- Und dieser Wahnsinns-Zuneigung ... Zueignung wegen werden wir – du und ich – eines Tages zugrunde gehen.

- In einem weißen Haus, zwischen Spiegelwänden.
  Mutterseelenallein.
  Unter einem totenstillen Licht.

- In einem Erdloch der Sierra Maestra.
  Einer unbekannten, verlassenen Schlucht.
  In einem Schulzimmer ...

- Gib mir die Hand, Freund.

- Gib mir die Hand.

Fünftes Gespräch

John Lennon und Emily Brontë: Über das Alleinsein

Das Mädchen in seinem geblümten Salon schrieb etwas in ein winziges Notizbuch. Der Sänger mit der neunmalklugen Brille grinste. Die Kleine hätte gerne ihren Hund auf ihn gehetzt.

- In Pantoffeln hinter dem Ofen sitzen und die Schlafmütze auf den Ohren – Mädchen, Mädchen, das kann nichts werden!

- Im Fuchspelz über den Broadway stolzieren und die Nase hoch, so hoch wie der Skyscraper Number nine, paß auf, John, daß du nicht ins Stolpern gerätst!

- Ein Salon mit Blumenranken an den Wänden, viermal vier Meter im Quadrat, vier winzige Stühlchen, vier Heftchen, kleiner als deine halbe Hand, einen Roman hineinzustopfen, ha, die Welt in eine Streichholzschachtel sperren wollen!

- Ich frage mich, John Lennon, wer dich eigentlich eingeladen hat?

- Ich frage mich, warum ich gekommen bin.

- Weißt du nicht, daß gewisse Frauen – und womöglich *gerade die* in Pantoffeln – geheime Kräfte besitzen, die ahnungslosen Männer zu verführen? Und wart nur, bis ich meine Stiefel anhab!

- Du, Emily, kannst keinen Mann verführen, denn du bist keine Frau. Jedenfalls *noch* keine. Ein verspätetes Kind aber – was schließlich auch eine Möglichkeit wäre, und nicht die schlechteste –, ein sozusagen übriggebliebenes Kind ... bist du ebenfalls nicht.
  Höchstens ein verhextes.

- Ich würde dich auch nicht als Frau verführen wollen.
  Im Leben nicht.

- Als was sonst, he? Und wozu, möcht ich wissen.

- Eine Verführung, die fragt wozu, stell ich mir ziemlich langweilig vor.

- In dem Fall hast du ausnahmsweise recht, kleine Hetäre, gestiefelte!

- Ich lief einmal tagelang einem Clochard nach, über sämtliche Hügel von Yorkshire, von früh bis in die Nacht hinein ...

- Weil du ihn verführen wolltest?

- Weil ich etwas über ihn erfahren wollte.

- War er attraktiv?

- Er war ebenso dreckig wie abgerissen, verlaust und etwas angeschimmelt. Ich wollte aber hinter sein Geheimnis kommen. Dabei hätte ich ihn nicht anrühren mögen. So wenig wie dich. Nicht einmal mit der Feuerzange!

- Schade eigentlich.

- Siehst du! Schon willst du angerührt werden!

- Nicht aus Liebe, Mädchen!

- Liebe! Was für ein schlappes, abgeschabtes Wort! Jeder Schwachkopf führt es im Mund!

- Dann nenn mir ein anderes, besseres! Eins drüber hinaus.

- Darüber ist nichts. Daneben oder dahinter vielleicht. Ich such es seit Jahren.

- Ich ebenfalls. Seit mehr als drei Jahrzehnten schon. Und über fünf Kontinente hinweg. Mit jedem Song …

- Mit jedem Gedicht. Aber du, John Lennon, wirst es nirgends finden. Nicht in der Albert Hall, nicht im Shea-Stadion, nicht im Candlestick Park!

- Kein Wörtchen kann sich mehr in unserer Welt verstekken. Sie ist zu beschränkt. Zehn Stunden von London nach San Francisco. Zu klein, zu klein.

- Sie ist riesengroß. So weit der Weg vom Haus bis ins Moor. Vom Sonnenuntergang bis in den Schlaf. So unendlich mühsam über die Schwelle. Doch eines Tages, eines schönen Morgens im März …

- Was willst du in deiner Zelle entdecken? Sags genau: die Liebe oder das Wort dafür?

- Ich verstehe dich nicht.

- Es sind zweierlei Schuh.

- Ich verstehe das Wort *oder* nicht.

- Siehst du? Du weißt es nicht!
Weißt nicht, was du verloren hast, und was du finden möchtest, schon gar nicht. Nicht einmal, wer oder was du bist: kein Mädchen, kein Kind, keine Frau, kein Mann – wie willst du dann *das Wort* entdecken?

- Ja, es wird März sein. Und alle Leute in Erwartung vor der Tür. Ich muß aber nicht weit hinaus. Denn plötzlich, unerwartet, wird es der Sturm mir vor die Füße rollen, und es wird so klar sein wie ein Kristall, ein Diamant vom ersten Wasser, glatt, scharf umgrenzt, und ich ... ich werde es mir zurechtschleifen, bis es die riesige Welt reflektiert.
Und jedermann wird den Atem anhalten.

- Nichts ... nichts Staunenswertes wird dir begegnen! Nicht hier in der Einöde. Was dir vor die Füße rollt, wird nichts als ein Knäuel Schafwolle sein oder der Splitter eines verwitterten Grabsteins.
Ich versichere dir: Das Lied, das du zu hören glaubst, stammt nur vom Sturm, der durch die Ofenrohre saust, die Schritte, die du nachts vernimmst, sind nicht die deines Liebhabers, es ist nur der Marder, der sich durchs Gebälk beißt. Hier ist alles zu kalt, zu karg, zu winzig, zu eng. Zu eng zum Singen, zum Lieben, zum Atmen sogar.
Also kannst du auch deinen Atem nicht anhalten.

- Und ich sage dir, John, deine Welt ist zu groß. Und dehnt sich noch immer aus.
  Eure Welt hat die Freßsucht; bald wird sie derart auseinanderlaufen, daß sich der Mensch darin verläuft.
  Eines Tages wird sie so gewaltig fett geworden sein, daß man ihr Herz nicht mehr schlagen hört.
  Schon jetzt sind ihre Eingeweide vollgestopft und überfüllt.
  Zum Platzen voll, John, mit Geschäften;
  mit Kinos, Kneipen und Theatern.
  Und die Theater ihrerseits sind voll von Bildern,
  die Bücher von Worten,
  so stopfenvoll sind die Theater, die Bücher,
  daß sie wie Mülleimer überlaufen,
  doch keiner ist da, der es abfahren will, die Müllabfuhr streikt; die Menschen waten im Bildermüll, Wortmüll, doch alles wird weiter und höher wachsen, bis es den Leuten am Hals steht, bis sie krank davon werden, die Krätze bekommen, die Atemnot und Dysenterie ...

- Und dann?

- Dann werden sie nicht mehr hinausgehen wollen, in kein Theater, in kein Konzert; nirgends mehr hin, wo ihnen das Trommelfell platzt, die Augen vom zu heißen Licht gerinnen ... und sie werden alle Bilder von den Wänden reißen und sich die Ohren verstopfen und ihre Bücher aus dem Fenster werfen ...

- Und dann?

- Dann ... aber dann wird Heulen und Wehklagen sein, denn sie haben in Verzweiflung auch noch diejenigen fortgeworfen, die sie liebten, die Bilder mit den leisen Farben und die Geschichten, vier mal vier Meter im Quadrat, alles, was sie noch immer nicht enträtseln konnten, und so werden sie doch wieder hinausgehn, auf die Straßen und weiter, in andere Länder und neue Städte; an fremden Stränden werden sie nach unbekannten Bildern und Geschichten suchen – denn das einzige, was niemand aus dem Fenster werfen kann, ist die Sehnsucht des Menschen nach dem Geheimnis –; es wird aber zu spät sein. Sie werden nirgends mehr etwas finden.

- Und dann?

- Dann, John Lennon, wird endlich die Welt explodieren!

- Gottseidank!

- Gottseidank, ja! Wollen wir pokern?

- Wir wollen aus dem Fenster sehn, Emily, und Wetten abschließen, wie lang es mit der fetten Welt noch geht.

- Ja, wetten wir! Wetten wir!
Aber jetzt ... da ... schau hin, John!
Sieh doch hinaus!
Kannst du nichts sehn?

- Nichts. Absolut nichts.

- Du kannst auch nichts sehn, denn die Welt,
diese Giga-Welt, hat der Schlag getroffen.
Sie ist längst explodiert! Alle Grabsteine
aus ihren Örtern gerissen!

- Wie der Skyscraper Number nine! Das Dakotahaus!
Aber seltsam: Es ist kein Staub mehr zu sehn.
Die Luft ganz klar!

- Es muß schon eine Weile her sein.

- Komisch, daß wir nichts bemerkten.

- Ich war im Moor.

- Ich war im Keller. Im Cavernclub.

- Also auch du!
Da haben wirs! Da haben wirs!
Auch du ... längst schon im Versteck! In der Zelle!
Auch du hast gewartet, John, auf was?

- Auf diesen wunderbaren Augenblick!

- Guten Morgen, John!

- Guten Morgen, Emily!

- Es ist un-beschreiblich.
Aber wie weiter, John? Was jetzt?

- Es ist *unser* Augenblick, Emily Brontë!
Wir können anfangen wieder.

- Mit dem ersten Song.

- Dem ersten Gedicht.

- Mit dem ersten oder dem letzten, John?

- Mit dem einfachsten ... unvergleichlichsten.

- Warum aber ausgerechnet wir?

- Weil wir die Höhlen gewohnt sind.
  Die Zellen, in die nichts von außen eindringen kann.
  Nichts zum Vergleichen, meine ich.

- Und was ... wie denkst du, wie es aussehen wird?

- Das letzte Lied?

- Das erste Gedicht!

- Es soll so schmal sein, Schwesterchen, wie deine halbe Hand, ebenso fest wie durchsichtig vor der Sonne. Es soll leise sein, doch von der Farbe des Sturms. Es soll aus viermal vier Worten, viermal vier Phrasen bestehn ...

- Und dann? Und dann?

- Dann lebt es. Vibriert es. Dann ist es da.

- John?

- Ja?

- Ein Mensch sitzt draußen auf dem Feuermelder.

- Der letzte?

- Der erste. Sitzt auf dem letzten Feuermelder und nimmt die Mütze ab und horcht.

- Und wartet auf den ersten Ton.

- Das erste ungebrauchte Wort.

- Die nie zuvor vernommene Musik.

- Auf die Geschichte, die uns die Welt wie ein geschliffener Stein zurückwirft. Denn daran werden wir sie erkennen.
  Wie aber wäre das zu schaffen, John?

- Ich habe noch ein halbes Jahr zu leben.

- Ich noch zwölf Wochen und zwei Tage.

- Was für ein Gebirge an Zeit, Emily!

- Was für ein grenzenloser Raum!

Sechstes Gespräch

Georg Büchner und Rudolf Nurejew: Über Eigennutz und Gemeinnutz

Der Tänzer hob den rechten Arm, warf ihn aufwärts gegen den nachtdunklen Himmel, als wollte er einen Vorhang vom Mond reißen. Er probierte ein paar Schritte auf dem Rasen, brach plötzlich ab und ging zu dem Mann auf der steinernen Treppe hinüber. Der schreckte hoch.

- Sind Sie fremd in der Stadt und ohne Publikum, daß Sie dem Mond eine Vorstellung geben?

- Geht es Ihnen nicht gut, so verhetzt, wie Sie aussehn, und bleich wie der Tod?

- Es geht mir gut, mein Herr Tanzmeister, bis auf den Umstand, daß ich in meinem Heimatland zuhaus nicht mehr zu Hause bin. Genauer gesagt: Man will mich dort nicht. Noch genauer: Man will mich, doch nur aus dem Grund, um mich wegzusperren. Darum bin ich hier.

- Schicksalskoinzidenz: Ich bin hier, *weil* mein Land mich will, aber ich will mein Land nicht.
  Genauer gesagt: Ich *würde* es wollen, doch nicht, um mich dort begraben zu lassen. Russische Friedhöfe sind zwar gemütlich, doch lediglich für die Lebenden.

- Auch mir tat man die Ehre eines öffentlichen Steckbriefs an.

- Der meine kursiert nur im geheimen, vornehmlich in den

Taschen von Subjekten, die mir nachts in den Straßen hinterherschleichen.

- So etwas gibt es.

- So etwas gibt es.

- Immer noch.

- Immer noch.

- Wie ich Sie eben tanzen sah, hatte ich doch im Moment den Eindruck: Ihr Exil ist Ihnen nicht gänzlich zuwider?

- Um ehrlich zu sein: Es bietet gewisse Vorteile. Zumindest den, sich auf fremdem Terrain ein wenig verdunkelt halten zu können.

- Dafür das eigene Zuhaus um so schärfer zu durchleuchten.

- Sie betätigen sich als Politiker?

- *Beinahe* getroffen. Sagen wir: um ein Haar. Sie sind Schauspieler?

- Auch Sie trafen es ... leider haarscharf *daneben*.
  Aber warten Sie: Sie, wenn mich nicht alles täuscht,
  könnten auf einem Katheder stehn.
  Miasma von Stubenluft.
  Man möchte Sie für einen Geistesmenschen halten.
  Allerdings einen, der etwas zu früh das Fenster

aufriß und sich am Sturmwind der Freiheit verkühlte. Ja, nach so einem sehen Sie aus, einem jungen Professor, der den Prostituierten draußen auf der Straße den Rousseau erklären möchte.

- Und Sie ... sehen nach einem Prostituierten aus, den man für einen Prinzen halten möchte.

- Die wahre Profession, mein Freund, sollte keinem an der Nasenspitze anzusehen sein.

- Die meine schillert mir in so vielen Nuancen vor den Augen herum, daß ich tausend Federhalter brauchte, sie zu beschreiben.

- Verbringen wir die Nacht zusammen?

- Sie sind ziemlich ... direkt.

- Das Leben ist kurz. Gleich, als ich dich sah ...

- Gleich, als ich dich sah ... ich habe nie im Leben jemand Schöneren gesehn.

- Und wirst es auch späterhin nicht.

- Vorsicht! Wir warfen ja doch lediglich nur einen allerersten Blick!

- Der dich niemals täuscht! Willst du dir klarwerden über einen Geliebten, so rufe dir den ersten Blick zurück.

- Es war nur ein Sekundenblick, noch dazu von Erwartung

umkleistert. Zu bald kann er in einen zweiten, dritten übergehen, und schon wird er an Hitze verloren haben.

- Wenn wir die Augen – wie bisher – nicht voneinander lassen, wird es auf ewig der erste sein.

- Schon möglich, daß es einer schafft, sich seinen Blick unwandelbar zu halten, doch immer wird sich das Objekt verwandeln!

- Schon möglich, daß sich das Objekt verändert, in einen Zustand erster, zwoter, dritter Güte übergeht, so daß du das ursprüngliche vergißt.
Doch niemals kannst du den Schrecken vergessen.

- Den Coup de foudre!

- Den Schrecken vor der Schönheit ... immer ...

- Du sprichst, als hättest du meine Bücher gelesen.

- Ich muß sie nicht lesen. Was in den Büchern steht, das ist dir ins Gesicht geschrieben. Was hast du vor, Freund, für den nächsten Tag?

- Nichts, da ich dich getroffen habe. Was hast *du* vor?

- Nichts. Nichts. Ich habe es im Augenblick vergessen.

- Was *hattest* du vor, *bevor* wir uns sahen?

- Ein läppisches Treffen mit läppischen Leuten.
Ein Streitgespräch.

- Ein Streitgespräch.
  Ein Streitgespräch?
  Auch mich lud man ein ...

- Mann Gottes! Zusammen ... mit wem?

- Mit einem Hohlkopf von Tänzer ...

- Mit einem ebenfalls Hohlkopf von Dichter ...

- Mit einer hirnlosen Puppe, einem Narziß, der an keinem Spiegelscherben vorbeikann, ohne sich darin zu begutachten.

- Mit einem dichtenden Simpel, der seinen Stiefelputzer so hoch schätzt, daß er um seinetwillen Revolution machen möchte.
  Ha, mit einem Weltverbesserer und einem Moderator, der eine Curettage am Gehirn hat vornehmen lassen, auf daß es gleichfalls hohl wird, um jedwede Meinung darin zu stapeln! Ich lach mich tot!

- Ich lach mich tot!

- Also habe ich diesen Dichterling vor mir, der selbst noch die Nutten vom Palais Royal das Beten lehren möchte.

- Also habe ich diesen Tanzknaben vor mir, diesen Ballettdirektor veneris causa, um dessentwillen man erwägt, die Saunen aller Weltstädte zu schließen. Alle Badeanstalten in Paris, New York, Toronto und London.

- Ich bin betrogen!

- Ich bin betrogen!

- O Zufall!

- O Vorsehung!

- Wir werden das Gespräch absagen müssen!

- Wir werden diesen Tag absagen müssen.

- Diesen Tag ... ja. Aber nicht ... unsere Nacht.

- Und keine aller folgenden Nächte!

- Sieh mich an, Freund! Hält mich dein Blick noch aus? Wird er mich aushalten, selbst wenn der meine schon während des Liebesakts abirrt und dich in jedem Spiegelscherben mit sich selbst betrügt?

- Und du? Bist du imstande, jemanden auszuhalten, der während eben dieser Prozedur mit der Verbesserung der Welt beschäftigt ist?
  Du hältst *mich* aus, warum?

- Es sind so viel Verbesserer in der Welt, als es Ärzte, Lehrer, Dichter darin gibt. Doch ist da von tausend nur einer in jedem Metier, der, wie du, mein Lieber, Arme genug hat, alles miteinander zu umarmen: die Nutten und die Stiefelputzer und außerdem noch die Revolution. Was bedeutet: mit tausendfältiger Liebeskraft.
  Du hältst *mich* aus, warum?

- Man sagt, daß es unmöglich sei, die Zahl der Liebhaber

auf dem Erdball zu schätzen, die während des Beischlafs mit ihrem eigenen Konterfei fremdgehen. Doch sehe ich nur einen einzigen vor mir, der imstande ist, so viele Figuren von sich zu erfinden, daß er sich selbst darüber vergißt.

- Also wäre es die Vervielfältigung, die uns uns selbst vergessen, über uns selbst hinauswachsen läßt?

- Die Passion, in alle Richtungen zu wachsen.

- Komm, Liebster, so wie wir uns den ersten Blick erhalten wollen über Jahre, so wollen wir uns die Passion erhalten!

- Oder doch wenigstens die aller zukünftigen Zeit für heute vorwegnehmen, daß sie eisenschwer wird, wie ein zusammengestürzter Stern, und ebenso winzig, daß wir sie in die Brusttasche stecken und immer auf dem Herzen tragen können.

- Da siehst du, Freund, der Morgen bricht an.

- Er bricht nicht an, er geht auf!

- Wie der Morgenstern.

- Wie die Sonne, die schon vor jeder Regenpfütze wie vor tausend zerschmetterten Spiegeln posiert.

- So wollen wir uns zu Scherben lieben, auf daß wir uns vertausendfachen können.

- Nicht lange mehr, und es wird wieder Nacht sein.

Siebentes Gespräch

Marilyn Monroe allein: Über den Stolz

Die Blonde, in ihrem kleinen weißen Hemd, war totenbleich. Das Gesicht schien wie nach innen gewachsen, die Züge verzerrt, als würden sie nie mehr zurückverwandelt werden können. Sie sprach leise, aber so klar wie nie.

– Sie wollten mich mein Leben nicht erzählen lassen.
Sie wollten mich mein Leben nicht erklären lassen.
Und ich werde nun auch nichts mehr erzählen
und nichts erklären.
Aber ihr, du, du und du, ihr werdet es
weiter erzählen müssen, Jahrzehnte, Jahrhunderte lang,
und ich, damit ihr nicht zu erzählen aufhört,
ich werde es, wie ihr es wünschtet, beschließen.
Denn heut, vor euren Augen, werde ich davongehn,
auf die schlimmste, menschenunwürdigste Art,
so wie du, Bette,
die du mich lebenslang verleumdetest,
es wolltest,
oder Sie, Mister Olivier – Sir –,
der Sie mich schmähten in den Journalen
und weiter schmähen werden,
noch über meinen Tod hinaus;
wie ihr alle, die ihr neben mir kämpftet –
und gegen mich –
es mir an den Hals gewünscht habt
und mich am Boden sehen wolltet,
zertreten wie ein ekliges Reptil
oder ertrunken, nach Tagen im Fluß gefunden,

oder im Crash im Tunnel, an einem Pfeiler zerschellt ...
Euch zur Freude werde ich gehen
– oder sollte ich sagen: zum Trost? –
Und
hatte doch
aber
einmal
in glücklicher Dummheit gehofft,
mein Leben, wenn es Zeit ist, leise auszuatmen,
an einem stillen, unbeweglichen Septembertag,
wenn alles, Bäume, Halme, Felder
wieder leicht geworden sind,
so daß es wie im Rausch geschehen könnte,
in der letzten, sanftesten Ermattung,
einer unendlich zärtlichen Inbesitznahme ...
So wird es nicht sein.
So *soll* es nicht sein.
Als hätte ich nicht längst begriffen, Freunde,
daß alles zu bezahlen ist,
die Schuld wird früh schon eingefordert
von den Müttern,
am Abend von den Vätern, heimlich in der Kammer,
wo's keiner sieht ...
Du schweigst und zahlst: für das Kleid, das du trägst,
für das Brot, das du ißt, vor allem aber für das Bild,
das du dir leuchtend rot und bunt
in einer Kinderecke entwirfst,
in einer erkalteten Küche, im Dämmern ...
Mein Bild, das glaubt mir, war gewaltig groß
und prächtiger als die der Nebenbuhler –
all die berühmten, strahlenden Gemälde –,
doch ich auf blauem, nein, auf Goldgrund, Leute,
zog strahlender noch die Blicke auf mich.

Sie haßten mich dafür.
Wer sich so hoch hinaus entwirft,
kann stürzen, sagten sie,
ihr Leichtmut wird sie teurer kommen,
als sie je gerechnet hatte,
und ihr Vermögen übersteigen.

Doch ich, meine Freunde, ich bin nicht die,
die sich so davonschleicht, heimlich mit Schulden,
oder sich aufspart;
ich bin die, die sich ausgibt, mit vollen Händen,
bis auf den letzten Dollar sich hinaus- und wegschmeißt,
bis zum letzten Ersparnis, dem Notgroschen: Tod.
Ein unmenschlicher Handel, sagt ihr,
ein übermenschlicher?
Ich sage: So soll es sein! Wenngleich sogar
angenehm wäre zu denken,
daß ein anderer es für mich täte,
ah, nähmest du mirs aus der Hand,
Heimlichster, Atemberaubendster!
vom letzten meiner Liebhaber gedungen,
der schärfsten meiner Konkurrentinnen.
Nichts soll sein wie gewünscht!
Nichts, Freunde, will ich mehr, was *leicht* zu haben ist!
Also keine Bluthochzeit, Männer!
Kein rauschhaftes Finale, Mädchen!
Keine gnädige Kugel sei mir
wie dir, Freund Lennon, gegönnt,
in New Yorks elegantester Straße,
kein Versinken an einem leisen Wintertag im Schnee.
Statt dessen: langsames Verenden vor der Zeit,
allein mit den sich entfärbenden Wänden,
zwischen Spiegeln, die das Weiße wiederholen, endlos;

dann: unter dem Giftblick der letzten Kamera
wird meine Haut sekundenschnell ergrauen,
mein Mund sich verengen, die Lippen einwärts wachsen,
wie ichs bei den zahnlosen Greisen sah,
ach, und es wird kein Prinz sein, der mir zum Abschied
seinen Ring ins Grab wirft, nur ein kränklicher Domestik
wird mir die Perlen aus den Ohrläppchen reißen
mit angewidertem Blick.
Kein Schrecken kann vorausgedacht werden,
der dich nicht noch schlimmer erwischen könnte.
Doch ich zahle cash!
Werf mich selbst ins Bild, das ich entwarf
für euch, an den Schaltbrettern, Bildschirmen,
laufenden Bändern,
euch in Korea, Vietnam, im verlorensten Dschungel,
auf daß ihr sie *ganz* seht,
sie, die euch einmal das Sternenlicht imitierte
oder mit den Bewegungen ihres Körpers das Meer,
die Dünung des Wüstensands,
daß ihr sie unter den Füßen spürt;
noch diese Nacht vollendet sie das Bild,
wirft sich weg und voraus, in diesen
ihren selbstentworfenen Tod, daß ihr nachfolgen könnt.
So bleibt in der Spur und geht,
wenn eure Zeit kommt, ebenso:
stolz,
kopfhoch,
aufgerichtet,
ungebückt.

Achtes Gespräch

Maxim Gorki und Isaak Babel: Über den Verrat

Der Kosak lag, verdreckt und abgerissen, auf der bloßen Erde. Man sah aber kein Blut. Ein großer, blonder Mann mit Schnauzbart und wie aus Holz geschnitzten Zügen saß neben ihm. Doch obgleich der Junge keuchte und nach Atem rang, hielt sich der Bärtige auf Distanz.

- Helfen Sie, Herr, ich bitte um Hilfe!
  Halts nicht mehr aus!

- Du bist jung, mein Söhnchen, und hältst
  viel aus!
  Ich suchte und fand dich zur rechten Zeit.

- Sind Ihre Augen schon erblindet, Gospodin,
  daß Sie nicht sehen, daß ich uralt bin?

- Das geht vorbei. Jedes Alter ist umkehrbar.

- Ich bitte: Besorgen Sie mir ein Betäubungsmittel!

- Es gibt keins. Doch selbst wenn es eins gäbe, du weißt,
  daß ich es nicht anwenden würde.

- In dem Fall ... bitte ich um den Gnadenschuß!

- Ich bin nicht einer, der auf Kugeln setzt.

- Könnt ich nur wieder sprechen!

- Es hilft ja nicht. Und du weißt es selbst!
  Doch einer, dem die Sprache ausging,
  kann noch immer schreiben. Oder fängt überhaupt
  erst damit an.

- Kann nicht einmal schreiben!
  Die Sätze, die Gedanken ... aus
  dem Kopf geschossen ...

- Dann schreib ohne Gedanken.

- Was soll es helfen?

- Es stärkt. Schürt die Wut.

- Sie ist mir abhanden gekommen. Ich behielte sie gern.

- Fang an, *ohne* Wut!

- Aber ich brauche sie! Ich ... Sie ... wir alle ...
  haben sie nötiger als das tägliche Brot!
  So sagten Sie immer!

- Es hilft nicht, am Schreibtisch zu randalieren
  und vor den Menschen zu stottern.
  Du warst mein bester Schüler, mein begabtester.
  Schreib langsam,
  nur langsam: das erste Wort!

- Wo fang ich an?

- Wo du gehst oder stehst oder gerade liegst.
  Hier, meinetwegen, unter dem Holunderbusch.

- Da bin ich nicht.

- Wo sonst?

- In Odessa.

- Warum nicht Odessa. Schließ die Augen! Wo dort?

- Auf der Friedhofsmauer.

- Was kannst du sehn?

- Die grüne Ruhe der Gräber.

- Was noch?

- Den Mond.

- Wie sieht er aus?

- Weiß die Farbe nicht mehr.

- Erinnere dich!

- Das Wort für die Farbe ... ich find es nicht.

- Langsam, junger Freund: der Mond in Odessa ...

- Schön grün, schön blau.

- Da siehst du!

- Eidechsengrün.

- Noch besser! Schon springt es zurück.
Die Gedanken ins Hirn!

- Rot! Rotes Blut ...

- Die Wut ins Herz!
Da haben wirs wieder!

- Rotes Blut auf dem Meßkittel ...

- Da fügt es sich, siehst du, da wird es schon!

- Blut, wie korallenroter Schaum ...

- Du kannst wieder schreiben!

- Auf eine Entfernung von zwanzig Metern
zerschmettert Peschkow den Kopf des Polen.

- Du hast wieder einen Satz geschrieben!
Nur langsamer, Freundchen!
Nicht Hals über Kopf.

- Das Hirn des Jungen spritzt mir auf die Hände.

- Gut. Es ist gut. Ruh einen Augenblick aus.

- Der Rabbi liegt mit aufgeschlitztem Bauch ...

- Genug! Genug! Du steigerst dich schnell.
Wie alle Begabten, zu voreilig.

- Ich sehe ausgerissene Zungen,

Köpfe vom Rumpf getrennt
den überm Brunnen aufgehängten Hund
und sehe ... seh ...

- Geh nach Haus. Am Abend und am Ende der Geschicht
ist das Schlimmste vorbei.

- Nichts! Nichts ist vorbei!
Es wird aufreißen wieder und fließen ... korallenrot!

- Komm morgen, Junge, und wir werden deinen Leib,
deinen uralten Leib von den Stürmen der
Phantasie befreien.

- Sie glauben ... Sie meinen, ich würde es los?
Ich könnte mir das Stottern aus dem Kopf,
den Herbst aus der Seele mit dem Federhalter herausope-
rieren?

- Komm morgen wieder. Und übermorgen.

- Ich werde gesund? Werde reisen?
Paris wiedersehn? Notre Dame?
Die Seine?

- Dein Leben wird ... leichter sein.

- Ich werde leicht sein, Gospodin?
Ich werde frei sein?
Ich werde ...?
Sie mögen mir alles einreden und alles
danach wieder ausreden können,
nur nicht das einzig wahre Verbrechen.

- Kein Verbrechen ist so verabscheuungswürdig,
daß wir es nicht zum ... Ertragen brächten.

- Hören Sie nicht, wie es schleicht?
Wie es umgeht?

- Kein Unrecht so tief eingewachsen, daß es
nicht ... abzumildern wäre. Mit der Zeit. Mit der Zeit.

- Aber hören Sie! Hören Sie doch:
Es hängt schon die Stiefel über den Rücken.
Es schleicht auf leisen Sohlen durchs Haus.

- Nichts! Ich kann nichts hören.

- Ich habe Dolguschow verraten.
Ich habe Eisenstein verraten.
Die Namen der Freunde. Die Wohnungen.

- Im Namen der Revolution ...

- Lieferte ich meine Freunde ans Messer.

- Im Namen der Revolution ...
kannst du widerrufen, jederzeit!

- Ich *habe* widerrufen.
Zu spät.
Es war zu spät!
Niemand hat es gehört.
Niemand antwortet.
Selbst mein Meister, mein Lehrer antwortet nicht.
Er schweigt. Mein großer Lehrer sagt nicht:

Es wird verschwinden.
Die zerschossenen Hirnschalen werden verwittern.
Die ausgerissenen Därme erkalten.
Das eine wird zu feinem weißen Staub.
Das andere zur Nahrung für einen verhungernden Hund.
Ah, mein Lehrer schweigt, weil er ahnt:
Verrat, ob widerrufen oder nicht,
wird die Erschossenen um meinen Tisch versammeln.
Sie werden an der Wiege meines Kindes sitzen.
Sie werden noch mein Totenbett umstellen.
Da ... da steht es an der Wand geschrieben!
Helfen Sie, Vater. Stehen Sie bei!
Da ist meine Pistole. Drücken Sie ab.
Das einzige, was mich retten kann, ist
der Gnadenschuß.

- Das einzige, was ich in diesem Augenblick weiß, ist:
  Ich kann dir deine Bitte nicht gewähren.

- Sie können nicht, ha!
  Sie *wollen* nicht, Staatsdichter!
  Sie Mächtiger, Gottgleicher auf Ihrem Thron,
  der Sie Geschöpfe in den Abgrund stürzen können
  und sie an den Haaren wieder herausziehn ...

- Du bist der beste meiner Schüler.
  Der liebste von allen.

- Nehmen Sie die Pistole. Drücken Sie ab ...
  und ich bin entsühnt!

- Du bist soviel wie ein Sohn für mich.
  Was könnte mehr sein als ein Sohn?

- Was könnte schwerer sein als der Tod?
  Sie schweigen, Vater?
  Ich höre nichts.
  Soll das heißen ...?

- Der Tod wäre einfach ... in deinem Fall.

- Sie verurteilen mich ...?

- Nicht ich, Sohn.

- Zu Schlimmerem?

- Du selbst wirst es sein.

- Ich soll noch einmal wieder hinaus?

- Unter die Leute! Ins Leben!

- Und soll doch wieder die Kadaver sehn, das Blut ...
  den aufgehängten Hund ...
  und die Gekreuzigten am Scheunentor?
  Ich werde wieder verraten, Herr!

- Das steht zu erwarten.

- Mit dem Verrat im Rücken erging es mir schlecht.

- Mit dem Verrat voraus wirds die Hölle sein!

- Ich soll die Hitze der Hölle messen ...

- Und sie genauestens verzeichnen.

- Doch dann wird man mich zum Krüppel schlagen!

- Du könntest in Geheimschrift schreiben.

- Sie werden mir Stromleitungen an die Füße legen,
  so lange, bis ich ihnen die Schrift entziffere.

- So wird es sein.

- Zwischen dem Starkstrom und meiner Haut,
  zwischen den Schlägen und meinem Verrat
  ist etwas, das ich erfahren soll.

- Doch dieses Etwas wird nicht zu erklären sein.

- So wenig, wie die Wahrheit zu erklären ist.

- Du wirst sie dennoch suchen gehn.

- Zwischen dem Knüppel und meinem Blut,
  in der lebendigen Mähne meines Pferdes ...
  Warum denn aber ich?
  Ich ... ausgerechnet?
  Und *Sie*, Sie Übervater, lachen sich ins Fäustchen!
  Sie haben es sich leicht gemacht!
  Mein Väterchen, mein Gott,
  hockt in den Wolken und macht sichs bequem!
  Wir dummen Geschöpfe haben zu büßen.
  Wir haben zu bleiben, es auszustehn!

- Weißt du denn, Ahnungsloser,
  was mein Rat an dich bedeutet?
  Nicht du allein wirst es sein.

Der Vater, der seine Söhne in die Folter schickt,
zieht schlimmere auf sich;
ich werde gerädert, gevierteilt, gebrannt sein, im Geist,
um *deinetwillen*, mein armer Freund,
den ich jetzt von mir stoße, hinaus,
wider besseres Wissen
und alle Vernunft;
der ich dich gegen eine Welt zu Felde schicke,
um eines lächerlichen Hirngebildes
namens *Ehre* willen,
gegen ein bis an die Zähne bewaffnetes Heer
von Lakaien, Kleingeistern, Speichelleckern,
das dich von nun an jagen wird ...
und mich, Sohn, und mich!
Ah, wie einfach wäre gewesen,
mit ein paar Worten weniger oder mehr
dich nach bewährtem Muster zu entsühnen,
mit einer schnellen Kugel
dir die Skrupel aus dem Hirn zu jagen,
dir, Sohn, *und mir*!
Doch hier stehe ich, mit der Hand am Abzug,
immer noch ...

- Was ist das für ein Starr-Sinn, Vater,
der uns noch mit dem zweiten, dritten,
noch mit dem letzten Atem
gegen die Folter an-leben läßt,
was für ein Trieb in uns?

- Kein Todestrieb, Sohn.

- Was für ein Lebens-, Liebestrieb?

- Du nimmst mir die Worte aus dem Mund.

- Ich nahm nichts heraus. Oder nur allein das,
  was uns seit langem, Ihnen und mir, Väterchen,
  was uns schon immer
  auf der Zunge lag.

Neuntes Gespräch

Der alte Sigmund Freud mit sich selbst: Über das Vermessen

Meine Zeit ist knapp, sagte der Doktor, stand auf und wandte sich zum Gehen.

Er hat zu tun, sagte die Blinde, muß etwas zu Ende bringen. Oder noch anfangen, je nachdem; wie übrigens jeder am Ende des Lebens. Sie lächelte. Der Alte nahm seine Krücken und verließ humpelnd das Zimmer.

\- Vor Jahren – lange her – an einem Tag,
der jung war und noch ohne Namen,
schrieb ich den meinen an die Mauer dieser Stadt,
den lächerlichen Namen: Sigmund,
der einmal, nach der Mutter Wunsch,
etwas bedeuten sollte unter den Menschen
und sich verbreiten über die Erde,
wie die der Großen: Entdecker, Eroberer, Abenteurer –
Scott, Amundsen, Franklin –,
die als erste in weiße, unversehrte Länder drangen,
in das äußerste Eis, den Punkt zu suchen,
an dem es nur mehr noch zwei Himmelsrichtungen gibt,
die ihre Fähnlein dort einrammten, hochgemut,
und lange noch auf ihren Stiefelabdruck starrten
im jungfräulichen Schnee.
Die hungerten, froren, staunten und ... starben.
Und deren Namen manchmal noch
im Weltensturm zu uns herüberflatterten.

Auch ich war im ewigen Eis, ein Vermesser,
dort, wo es fünftausend Meter und mehr

in die Tiefe reicht.
Denn so weit reichen die Seelen der Menschen.
Ich maß und berechnete ihre Natur
und drang so weit hinab, wie Menschen dringen können.
Ich trennte Substanz von Substanz,
wog und bestimmte ihr spezifisches Gewicht,
und die Verhältnisse untereinander.
Zeichnete Seelenlandkarten, maßstabsgerecht,
Erhebungen und Vertiefungen, Flüsse, Seen und Meere,
vergaß auch nicht, verborgene Schluchten zu markieren,
Steilhänge, jede hinterhältige Gletscherspalte,
die plötzlichen Abbrüche ...
Auch ich fror, hungerte, verzweifelte
und ... erstaunte.

Dann kamen die Schüler. Und wieder Schüler.
Und Schüler von Schülern.
Die brachen wohlausgerüstet auf –
nicht ohne vorher Hab und Gut und Leben zu
versichern –
mit Apparaturen empfindlichster Art,
hochentwickelten Meßgeräten,
die exakt und unverstörbar,
alle Erstaunlichkeiten vermaßen,
die stießen weit in die polarische Natur,
so weit wie niemals Menschen kamen,
und kehrten stolz mit dicken Akten
und geschwellten Namen wieder heim.
Ich prüfte die scharf gestochenen Bilder,
die fehlerlosen Berechnungen und fand sie
unbezweifelbar und ohne Tadel.

Doch statt des Staunens erfaßte mich

– wie eine Krankheit – Zweifel.
Dieser unauffindbare Keim
im Innern, der, was einmal Mut und
Kraft gegeben hatte – die Hoffnung – mir erfrieren ließ.
Ich wußte: Kein Menschenwesen mit gefrorener Hoffnung
überlebt im Eis.
Und doch wollte ich es
noch einmal
zwingen.
So strich ich meinen Namen an der Mauer wieder aus,
aus dem Gedächtnis der Stadt, in der ich einmal
ein – wenn auch spät gekrönter – König war.
Ich schlich mich namenlos und unerkannt hinaus.
Allein, mit ärmlichster Ausrüstung brach ich auf,
so wie ein Sterbender allein aufbrechen muß am Ende.
Kein Schüler folgte mir.
Kein Hund lief voraus,
mich der Beständigkeit des Bodens zu versichern.
Ich kämpfte mich durch das noch immer
unerkannte, das ewig rätselvolle Land
mit erfrorenen Gliedern, mit letzter Kraft.
Als die Schneeblindheit einsetzte,
die Gesichtshaut im Eissturm zu eitern begann
und ich mich taumelnd,
krank – und hoffnungslos verirrt –
verloren geben wollte,
da plötzlich sah ich im sich verdüsternden Licht –
nein, *spürte* ich mehr als ich sah –
eine kleine Figur, neben mir, vor mir, weit voraus,
schneeblind wie ich,
auf allen vieren sich vorwärtskämpfend,
noch im Stürzen mir winkend: Vorwärts!
Hier schaut man nicht zurück!

Werft, was beschwert, Herr, ab –
Meßräder, Sextanten, Hypsometer –,
im Sturm, wo nichts fest steht, ist nichts zu messen.
Denn dort, wo gestern ein Vulkan war,
wird morgen Lava sein, aus Eis kann Feuer brechen,
und – nie vorausberechnet – taucht eine neue Insel auf;
Schelfwände schmelzen über Nacht,
ein Eisberg kalbt, zwei Flüsse fließen ineinander,
betten sich unerwartet um und sprengen Ufer.
Aus Land wird Meer, aus Meer wird Land.
Steh still und sieh,
was ringsum wächst und stürzt und wieder wächst,
und was erstaunlich in jedem neuen Augenblick entsteht.
Wo, fragte ich, im Meer?
Im Hirn, sagt dieser Schatten,
ich hörte sein Gelächter,
und andere – lachend – neben ihm,
die tauchten unvermutet auf,
Jongleure? Künstler? Erfinder? Dichter? Akrobaten?
Die waren mir – kraft ihres Lachens –
um immer einen Schritt voraus.
Und ich, mit neuer Hoffnung wieder,
kroch ihnen nach;
warf noch den letzten Ballast ab und bat sie,
nun endlich frei und aller Würden los,
mich, wenn auch spät, als Schüler anzunehmen;
als einen, der, was er gestern lernte,
schon heute für ein anderes vergißt
und, was er früh verzeichnete, am Abend löschen muß.
So lehrt mich Alten, bat ich – und sagte: *bald*! –,
zu sehn, was *noch nicht* ist,
zu hören, was zu sein sich erst entschließt,
zu denken, was nie existieren wird.

Lehrt mich das Bauen, sagte ich,
doch auch: das Einreißen,
das Rechnen und das Wiederdurchstreichen.
Nein, lehrt mich eines nur –
und nichts als das –:
Das Vergessen der Regel,
das Anfangen wieder.

Zehntes Gespräch

Elisabeth I. und Dora Maar: Über die Evolution des weiblichen Geschlechts

Die beiden Frauen, wie eben von einem Kostümfest gekommen – die eine in silberfarbenem Brokat, mit einer Katzenmaske vorm Gesicht, die andere in einer schwarzen Kutte mit einem Strick um den Leib –, betrachteten Bilder.

- Gefallen Ihnen die Gemälde?

- Sie wollen verkaufen?

- Ich hörte, man sei aufgeschlossen für die neue Kunst am Hof. Dank Ihrem Einfluß, Majestät!

- Sie mögen diese Bilder nicht mehr?

- Ich wüßte nicht, was ich mehr lieben würde.
Doch man muß leben.
Sie sind sehr wertvoll.

- Es sind die Bilder Ihres treulosen Geliebten.

- Den ich verließ.

- Der *Sie* verließ! Was sonst hätte Sie bewegen können, Ihre heiligsten Schätze zu verschleudern? Welches Unglück in der Welt könnte eine Frau, *eine noch junge Frau*, veranlassen, sich in eine schwarze Kutte zu hüllen, mit einem Strick um den Leib wie ein Mönch, und der Welt Valet zu sagen?

- Ein Leben in Freiheit, Your Majesty!

- Und woher die Marmorstarre Ihrer Züge?
  Die schwarzen Schatten unter Ihren Augen?

- Hören Sie doch zu! Ich sagte:
  Es ist eine Frage der Freiheit!
  Über jede andere bin ich hinaus.

- Eine Frau, die eines Mannes wegen zur Eremitin wird, ist niemals frei. Und über keine Frage hinaus.

- Eine Frau, die sich eines Mannes wegen mit Perlen, Spitzen, Diamanten dekoriert, kann es noch weniger sein.
  Für wen der wahrhaft lächerliche Aufzug?

- Sie verabscheuen mich?

- Nicht weniger, als Sie mich.

- Sie sind recht geradeaus! Wären wir nicht für unsere Großmut bekannt ...
  unsere außerordentliche Toleranz ...
  Nun also, gehn Sie!
  Verabscheuen Sie meinethalben die Welt. Aber gehen Sie! Ich erwarte den Doktor.

- Diesen Wundermann mit seinem Teufelselixier?
  Erlauben Sie, daß ich bleibe?
  Zufällig haben wir denselben Arzt.

- Er ist ein Genie. Allerdings wüßte ich nicht – Genie hin oder her –, was er an Ihnen noch ausrichten könnte.

- Wie Sie wohl wissen, Majestät, ist er imstande, jedwede Frau in ihren größten Lebensaugenblick zurückzuversetzen, in die Erscheinung, von der sie träumt.

- Wofür Sie kein Beispiel abgeben, meine Liebe!

- Ebenso wie kein Elixier der Welt, good sweet Queen, Ihnen Ihre Jugend wiedergeben könnte. Geschweige denn Ihre Schönheit.

- So wenig wie Ihnen die Ihre, Sie ... Malerliebchen, ehemaliges!

- Was mich betrifft: Ich strebe nichts Derartiges an. Nichts, was täuscht, vorgibt, irrlichtert, schwindelt, verführt.
  Was sich verkaufen, anbiedern muß, oder kriechen, hündisch, auf allen Vieren, die Gunst des Mannes zu erlangen. Ich ziehe eine andere Therapie vor.
  Das können *Sie* nicht verstehen, so hoch da oben auf Ihrem Thron.

- O doch, ich verstehe. Zu meinem Leidwesen nur *allzu* gut! Womöglich besser, als Sie sich selber verstehn.
  Sie möchten nicht nur kalt, stark, vierkantig sein, wie ein Mann, Sie möchten *noch* unumstößlicher sein!
  Was ich bezweifle, ist, daß Sie es schaffen.

- Sehn Sie mich an!

- Ich sehe Sie an und durch Sie hindurch. Ich sehe Ihr vom Kummer scharf geschliffenes Gesicht, sehe unter der ersten Haut eine zweite, harte, hörnerne, doch am Grund von allem seh ich die *weinende Frau* mit den zerschmetterten Zügen, die kommt, mir ihr Teuerstes zu verkaufen, weil jedes sie an den Geliebten erinnert und jeder wenn auch nur zufällig darauf geworfene Blick sie peinigt.

- Wollen Sie wissen, warum ich *wirklich* kam? Und was ich, als ebenfalls Malerin, von den vorgeblichen Meisterwerken halte?
All den unsäglichen Kreationen,
den Geschöpfen mit den verlaufenen Augen, den verdrehten Köpfen und entbeinten Gliedern,
den Hälsen, Brüsten, Genitalien meiner vereinigten Nachfolgerinnen ...
Oh, ich hasse, hasse, hasse sie
und jeden Pinselstrich,
den dieser sogenannte Malerfürst in die Welt schleuderte,
rücksichtslos, ohne jede Dezenz,
den armen Menschen mitten ins Herz.
Wenn ich sie los bin, wird es mir gutgehn!

- Nie, niemals wird es Ihnen gutgehn, meine Freundin!

- *Mein* Herz ist aus Stein, nicht angreifbar.

- Und nie, auf keine Weise werden Sie nur annähernd ein Mann.
Denn wie ich sehe, können Sie hassen!
Mit einer klaren, reinen, unverstörbaren Empfindung,
wie nur eine Frau sie noch zustande bringt.

- Sie belieben zu scherzen! Der Mann sollte dazu nicht fähig sein? Ausgerechnet er, mit seiner eisernen Seele ...

- Sie ist nicht eisern.

- Was sonst?

- Schwindsüchtig, mein Kind. Gußeisern außen, doch innen von Wankelmut zerfressen.

- Das sagen Sie, ha, ausgerechnet, with your body of a weak and feeble woman, but the heart and stomach of a king? Verzeihen sie, daß ich lache! Verzeihen Sie, daß mir plötzlich aufgeht: Auch Sie, my dear Sovereign, wurden schon verlassen!

- Eine Königin verläßt man nicht!

- O nein! Denn sie hat ja die Macht, jede Unbotmäßigkeit auf der Stelle zu ahnden. Sie kann den Ungetreuen in den Kerker werfen, ihn bei lebendigem Leibe verhungern lassen oder ... enthaupten, wie es ihr paßt. Schon beim ersten Blick zur Seite ...

- Was interessieren mich Blicke von Höflingen!

- Ich wurde von einem König verlassen!

- Was sind Könige?

- Pablo war ein König, zu seiner Zeit!

- Philipp war ein Kaiser. Mit einem Maulwurfsgesicht. Heinrich, dem ich eine Schärpe stickte, war nichts als ein aufgeblasener Ballon. Ich stellte mir andere Geliebte vor.

- Sie lügen, Königin, und wie Sie lügen!

- Nachts träumte ich von meiner Armada.

- So alt schon und noch immer dem jungen Devreux
  auf der Spur!
  Dem schönen Robert, Earl of Essex!

- Als er den Kopf auf den Block legen mußte, ließ
  ich mir auf dem Cembalo vorspielen.

- Als dieses Mädchen das erste Mal am Strand erschien ...
  ich lachte laut auf!

- Das ist nicht wahr! Sie lachten nicht. Sie zogen ein Messer aus Ihrem Stiefel.

- Und Sie ... Sie ließen das Cembalo schließen und warfen Ihre Domestiken aus der Kemenate.

- Sie schnitten sich mit Ihrem Messer in die Hand
  bis auf den Knochen ...

- Sie schlugen mit dem Kopf an die Wand ... stundenlang!

- Ich dachte, mir würde der Schädel brechen.

- Der Sand rings um mich her wurde rot.

- Sagten Sie etwas?

- Ich dachte eben ...

- Denken Sie nichts mehr.

- Etwas muß sich ändern.

- Etwas muß sich ändern.

- Um diesen Bestien in Männergestalt
  Paroli bieten zu können, müßte man ...

- Was?

- Sich in rasender Geschwindigkeit entwickeln.

- Wohin?

- Da man noch immer diskutiert, ob Frauen
  Menschen sind, meine ich: aufwärts!

- Aufwärts! Etwa in eine solche stumpfe,
  unverfrorene Figur, zu der der Mensch Mann am
  Ende geworden ist? Zu dieser Fehlkonstruktion hinauf?
  Denken Sie sich etwas anderes aus!

- Ich grübele darüber nach, Tag und Nacht.

- Wissen Sie, was? Ich werde diesen Quacksalber
  von Arzt aus dem Weg räumen.
  Wir werden zusammen hinausgehn, weit fort
  von hier, und uns eine neue Gestalt erfinden.
  Eine, die keine Frau mehr ist und schon gar kein
  Mann, eine schöne, freie, langsame ...

- Die noch einen Stolz hat!

- Und die Großmut und die Hingabe der Tiere!
  Als sie Mary den Kopf abschlugen, wer heulte in
  Verzweiflung auf? Nicht einer ihrer zahllosen Verehrer!
  Es war ihr Hündchen, das wahnsinnig wurde.

- Ihr Hündchen!

- Hätten wir noch etwas davon in uns! Einen Blutstropfen
  nur!

- Was schneiden jetzt *Sie* sich mit dem Messer
  in den Finger, Majestät, bis auf den Knochen!

- Könnt ich mein Blut mit dem meiner Katze mischen ...

- Man ist neuerdings dabei, es zu entwickeln.
  Daß es implantiert werden kann: jedes
  Gen, das man will.

- Also gehen wir auf die Suche, Frau,
  schaffen wir eine neue Spezies!
  Kommen Sie, drehen wir den Zeitpfeil um!
  Werden wir Tierfrauen! Wandern wir
  noch einmal rückwärts ...
  in das schöne menschenleere Tal der Tiere ...

- Das liegt wohl weit ab, zu weit entfernt?

- Auf unserer Erde, immerhin!

- Wir könnten ins Abseits geraten ...

- Das ist ein ausgezeichneter Platz! Der beste,

den Überblick zu behalten.
Kommen Sie, meine Tochter, gehen wir!

- Ja, dann ... gehen wir ...

- Gehen wir! Endlich!

Elftes Gespräch

Giorgio Morandi an seine Schüler: Über die Nutzlosigkeit von Antworten

– Ihr fragt.
Es ist gut, sage ich.
Ihr wollt Antwort.
Ich frage: Wozu?
Ihr sagt: Es ist gut,
wir haben die Lehrer nicht nötig.
Nicht mehr.
Bevor wir fragen,
sind Antworten da,
Ratgeber die Menge.
Sind immer schon da.
So fragen wir nicht mehr!
So antworte ich nicht.
Kein Gott, der auf sich hält,
wirft seinen Ratschlag
billig auf den Markt,
keiner je unter Preis.
Also macht sie euch selbst,
baut Antwortfabriken!
Produziert euch Trost- und Ratmaterial,
schnell, billig, vom Band
wie Zuckerbonbons.
Richtet euch Brutanstalten ein,
laßt Antworten wie Geflügel schlüpfen,
bei angemessener Temperatur.
Ich versichere euch:
In der Sekunde,
da es durch die Schale bricht,

hat es zwei Beine
und macht sich davon.
Oder wechselt die Richtung,
rennt rückwärts,
rauscht in Heerscharen an,
wird euch überrennen,
zu Boden zwingen;
Erstickung droht,
Rückstau,
Infarkt,
Implosion.
Fragt weiter, sage ich.
Hört nie, zu keiner Zeit,
zu fragen auf.
Doch kein menschlicher Mund
soll euch Antwort geben.
Der beste Lehrer ist,
der keine Antwort gibt,
so findet der Schüler
sein Maß in sich.
Ein Glas soll es sein,
eine Kanne, ein Topf,
die abgegriffene Klinke gibt euch,
wenn ihr Glück habt, Auskunft,
der verkrüppelte Baum;
seht diese Pinie,
diesen Abhang, diese Kanne an,
sage ich,
stundenlang, tagelang,
wochenlang,
jedes Ding so lange,
bis es un-kenntlich wird.
Erst dann, eines Tages,

möglicherweise,
könnte es sich er-kenntlich zeigen.
Hätte ich einen Stock, sage ich,
wie die buddhistischen Mönche,
ich würde euch
durch die Dinge prügeln.
Ich höre euer Gemurr und weiß:
Nach Jahren – später –
werdet ihr mich lieben.
Im übrigen jedoch
kommts in der Kunst
auf Liebe nicht an.
Oder jedenfalls auf keine der bekannten Art.
In der Kunst so wenig wie im Leben.
Es kommt auf eine neue un-bekannte Spezies an,
eine, der alten Liebe verschwistert,
doch heißer,
doch von größerem Ausmaß.
Auf die kommt es an.
Und *nur* auf sie.

Nach der ist zu fragen;
Verstellt sie nicht mit euren Antworten!
Mir aus dem Licht, Gelichter!
Aus dem Licht!

Zwölftes Gespräch

R. R. mit den Göttern: Über das Atemanhalten

Es geschah früh am Tag, beinahe lautlos,
doch manche erwachten.
Als uns unser Kindergott zerbarst, der Alte, droben,
und in einer unerhörten Emanation
über die Erde niederging,
breiteten wir die Arme aus, aufzufangen,
was von ihm blieb: Es waren nur Trümmer
und schwer zu fassen.
Doch später auf den ausgeruhten Feldern keimte es schnell,
aus der zerschmetterten Frucht wuchsen kleinere Bilder,
Ab- und Halbgötter, Luzifer auch;
seither sind wir – schamlos – euch auf der Spur;
seither betreiben wir Vielgötterei.

Ich vergesse. Vergesse den Bruder, die Mutter,
mein heimliches Zimmer, den Dachfirst vorm Fenster;
vergesse das Lachen am Abend im Auge des Freunds,
um Eures größeren Gelächters willen.
Nun seid Ihr meine Freunde!
Ihr allein!

Manchmal zur Nacht, im Hinterhof eines östlichen
Stadtteils, oder im elektronischen Netz
des neuesten sagenumwobenen Flugzeugs
– wenn das Licht im letzten Fenster erlischt,
wenn die Geschwindigkeit die Schallgrenze erreicht –,
gelingt einem von uns, ein Stück zu greifen
vom Geistesfaden des Mannes im Turm,

der Todeslinie des zu jungen Dichters,
der letzten Zeile der verbrannten Jüdin,
und des spanischen Malers Schreckensfarbe
durchströmt noch unseren Tagtraum.
Erstaunt, vom ungewohnten Anhauch aufgestört,
stehn wir für Augenblicke still, wir horchen,
wir halten den Atem an,
und möchten wie die Alten auf die Knie fallen,
als wäre das Anbeten uns,
dem ewigen Sehnsuchtsgeschlecht,
wie selbst den Heiden eingeboren.
Wohingegen aber Ihr,
Geheiligte – doch von unseren Gnaden –,
Euch auf der Stelle zu maskieren sucht, aus Stolz,
aus Ehrgeiz Euch fremd zu machen,
wie um sich uns – dem Pöbel – zu entziehn,
wie's Götter tun.

Schlaflos, lieg ich nun, ohne Traum
in der Nacht, denn neben mir: Zweifel,
mein neuester Freund, ist plötzlich und unerwartet erwacht,
der wälzt sich und schläft nicht und träumt nicht;
wühlt sich durchs Frühgestrüpp wie ich:

Wer unter uns Lebenden brauchte Euch denn?
Wer wollte den Rat, die Botschaft von gestern?
Und überhaupt: Seid Ihr, Gestrenge,
nicht schon ein wenig lächerlich,
mit Euren Türmen hoch auf Klippen über dem Pazifik,
Stein für Stein von Gelehrtenhänden gestemmt,
in Euren selbstverschlossenen Zellen langsam modernd,
oder ahasvergleich, hungernd,
durch Wälder streunend, vertiert?

Längst sind ein paar Hochgesinnte dabei,
Euch Asyle zu bauen,
von Kathedern und Podien
um Spenden zu bitten,
Euch in Hospizen mit marmornen Wänden
sicher und auf länger zu verwahren.
Also verschwindet! Unauffällig! Rasch!
Wir helfen – mitleidsvoll – Euch nach
und wünschen ein friedliches Alter
mit Tanz, Gesundheitspflege, Divertissement,
daß Ihr Euch lange halten möget,
steifgliedrig, hirnschwer, dauerhaft gegerbt,
doch aufrecht bis zum sanften Ende;
daß man Denkmäler von Euch anfertigen möchte.
Wie angenehm es sich jetzt lebt in der Stadt,
ohne die steile Schrift an der Wand,
Eure gestrengen Chöre aus dem Dornbusch;
nicht einer schaut sich nach Euch um,
die Ihr uns – wann? – Gedanken, schwer wie Steinschlag,
in den Weg warft oder, am Rand des Kraters,
uns zwangt hinabzusehn;
leicht gehn wir heute über schöngebaute Brücken,
erreichen auf planierten Wegen
rasch das vorbedachte Ziel –
die Abgründe sind zugeschüttet –,
nichts stürzt, nichts bricht,
kein Blut fließt ohne Grund;
schnell ist selbst Liebe sicher unterwegs,
von hier nach da, und läuft immer vorwärts.

Ich habe die alten Freunde verloren, die neuen Freunde
verloren mich. Der Dachfirst, befremdet,
kennt mich nicht mehr.

Hustend, an Fenstern, ein paar Versprengte,
gleich mir, horchen ins Dunkel,
nur ein verlaufenes Wildtier heult,
der Nachbar greift wütend ins Fell seiner Katze,
wir rufen in die entschlafene Stadt:

Zurück! Verlaßt die marmornen Paläste!
Besseres als das Asyl findet Ihr überall!
Macht Euch noch einmal auf den Weg!
Zu uns zurück!
Und haltet Kräne, Walzen, Uhren wieder an,
unsere ferngesteuerte Zeit. Haltet den Augenblick an!
Denn wir begreifen schwer! Die Lehrzeit dauert noch.
Treibt uns den Hochmut unserer außerordentlichen
Einsamkeiten aus, die Furcht vor den Schleiertänzen des
Glücks, ach, unser edles Leiden am Zweifel!
Wie Ihr Euch selbst nicht schontet, gebt keinem Lebenden
Pardon, grabt uns das Erdreich unter den planierten Straßen
wieder auf, die verschütteten Höhlen, Rattenkanäle,
die heimlich eingeebneten Gräber, legt frei
die schon zerstäubten Namen!
Doch wie nur Ihr sie kennt, zeigt uns auch unsere Stadt,
wie leise atmend sie erwacht am Morgen,
im Halbschlaf murmelnd noch einmal uns umschlingt,
und zeigt uns früh die Sonnenfunken auf den Autodächern,
des Nachts die Flußverläufe unseres Bluts,
aus unentdeckten, nie berechenbaren Quellen sprudelnd;
zeigt uns die Liebe, wie sie vorwärts, rückwärts,
vielwärts, läuft, grabt Erde, Leben, Liebe wieder um –
und bleibt!
Ihr habt zu bleiben bis an unser und der Menschheit Ende,
denn in den finsteren Tälern, die Ihr durchmaßt
bis auf den Grund, suchen wir Eure Spur;

laßt uns dort nicht allein!
Und zeichnet kleine Kreuze an die Bäume,
daß wir hindurch finden und hinaus –
Und führt uns, zeigt uns, lehrt uns dann:

Nichts weiter mehr! Macht, daß ich noch einmal
den Atem anhalte.

Inhalt

Zweiter Teil

Die Gespräche

Gerlind Reinshagens Bücher
im Suhrkamp Verlag

Rovinato oder Die Seele des Geschäfts
Roman. *Gebunden* 1981

Die flüchtige Braut
Roman. *Gebunden* 1984
suhrkamp taschenbuch 1625. 1989

Gesammelte Stücke
Leinen. 1986
Doppelkopf · Leben und Tod der Marilyn Monroe
Kann das Theater noch aus der Rolle fallen? oder
Die halbwegs emanzipierte Mariann
Himmel und Erde · Sonntagskinder
Frühlingsfest · Eisenherz · Die Clownin
Die Auswanderer

Zwölf Nächte
Gebunden. 1989

Jäger am Rand der Nacht
Roman. *Gebunden.* 1993

Am Großen Stern
Roman. Gebunden. 1996

Die grüne Tür
Chorische Stücke
suhrkamp taschenbuch 2979. 1999